文字药房

夏群 著

时代出版传媒股份有限公司
安徽文艺出版社

图书在版编目（CIP）数据

文字药房 / 夏群著. -- 合肥：安徽文艺出版社，2025.1. -- ISBN 978-7-5396-8248-8

Ⅰ. I247.7

中国国家版本馆 CIP 数据核字第 2024QX3340 号

文字药房
WENZI YAOFANG

出 版 人：姚　巍
责任编辑：秦知逸　　　　　　封面设计：李　超

出版发行：安徽文艺出版社　　www.awpub.com
地　　址：合肥市翡翠路 1118 号　　邮政编码：230071
营 销 部：(0551)63533889
印　　制：永清县晔盛亚胶印有限公司　　(0316)6658662

开本：700×1000　1/16　印张：12.25　字数：170 千字
版次：2025 年 1 月第 1 版
印次：2025 年 1 月第 1 次印刷
定价：69.50 元

（如发现印装质量问题，影响阅读，请与出版社联系调换）
版权所有，侵权必究

目录

亲情存折 / 1

玻璃迷宫 / 22

文字药房 / 37

A 或非 A / 58

为时不晚 / 81

木字旁们 / 98

出走的语言 / 116

从终点出发 / 148

亲情存折

一

所有的故事都是从父亲的愿望开始的。

父亲此生有两个终极愿望。一个是他的近万册藏书能够有一个好的归宿。在他的眼中,书本才是这个世界上最可亲的东西,其次是信仰和追求。他曾说过,每读一本书,都会让我们更加了解世界、万物,以及人。但很可惜,他遗传给了我很多东西,比如不高大的身躯、有点嘶哑的嗓音、抬头纹、爱出汗的毛病,就是没有遗传他的爱书的精神品质。父亲原本希望我和宋明月将这些书以遗产的方式继承,但不知为什么,在得知自己得了不治之症后,他将那些书全部捐给了我们家附近的一所大学的图书馆——他曾在这个图书馆做过临时工。没有哪个艺术家能够容忍自己的作品以半成品的形式留在人间,除非这个艺术家突然辞世。父亲不是艺术家,但对于父亲而言,收藏书就是他永远都不能完成的作品,捐到图书馆,这个作品才能完整;留给我们,半成品极有可能成为残次品。父亲的第二个愿望,是我和宋明月在工作之后,每个月为对方存一笔钱,数额不限。积少成多的存款,在对方人生中出现困境时取出给他(她),以备不时之需。我只知道,有些父母(国外更常见一些)

会从孩子出生的那天开始,每个月为他(她)存钱,然后在他(她)18岁成人的时候,当作成人礼送给他(她)。可我在我们生活的圈子里,包括我在网络上所接触的海量信息中,并没有发现兄弟姐妹之间互存的先例。父亲这个愿望在我的认知领域里,算得上是"前无古人"了。

这样说来,父亲的第一个愿望算是圆满完成了。

但第二个愿望,是需要时间去论证的。还记得父亲第一次说出这个想法的时候,是在宋明月大四的暑假,他的真正用意是要我们姐弟俩以后互相依傍,相亲相爱。我和宋明月相差5岁,那时候我还在读高二。宋明月很不服气,扯着嗓子喊:"那对我不公平,我比一帆早工作!"记得父亲有些恼怒,但也耐心解释了。父亲的意思我明白,时间不是根本问题,数额才是。宋明月还是不服气,说不是钱多钱少的问题,是时间问题,同一份条约,两个人应该同一时间执行,这样才公平。她很激动,嗓音高亢,话语像瀑布一样从她的口中喷涌而出,她在极力捍卫自己的权益,生怕我占了便宜。

父母的性格都是忠厚老实的,自我记事起,从未见过他们争吵,或者大声斥责对方。不知道宋明月说话没有遮拦的火暴性格是怎么来的,家庭氛围如此,她的特立独行哪有滋生的温床呢?偶尔我会猜想,宋明月会不会是父母捡来的孩子。

最终父亲还是妥协了,说确实不能只用金钱的多少去衡量这个条约,同意了宋明月的补充条件——等我工作后,这个口头条约才正式生效。

我不知道看上去憨厚得像个与泥土打交道的老农似的父亲,是怎么生发出这个新奇古怪的念头的。可能与他读过那么多的书有关,又或许这个愿望的灵感,直接出自某本外国书。但我知道,如果他观察一棵树,一定可以从一片叶子或者一枚果实中看到一个奇妙的宇宙。

父亲去世的时候,我还在读研究生。我从异地的学校风尘仆仆赶到家的时候,见到的是一脸安详躺在水晶棺中的他,和平时睡着了不无二样。这绝对不可能是结束!有一个声音在我的心里呼喊。我有一种很真实的预感,下一秒,时间可能会倒流,我们一家人还围坐在饭桌旁,父亲又会兴致勃勃地讲一些他悟出的人生哲学,又或者大力推荐我们看某本书,如《道德经》《一九八四》《教父》《存在与时间》《万里任禅游》。大多数时候,我假装听得很认真,并敷衍着说,等有时间看。而宋明月会以很快的速度吃完饭,碗一推,嘴里含着饭问父亲:"我说爸,你能别张口闭口书、书、书行吗?我听到'书'这个字,就有不良反应。"

这个回忆的介入也让我明白了,父亲正是因此才没有把那些藏书留给我们的。因为父亲推荐给我们的书,他在世的时候,我几乎都没有读过。宋明月就更不用说了,相较于父亲所介绍的书,她更喜欢地摊上5块钱一本,有着花里胡哨封面与雷人标题的言情小说。父亲当时对我们一定很失望吧?

那时我才发现,哭得撕心裂肺的母亲身边,已经拥有一家规模不小的公司的宋明月,穿着一身高档的黑色西服,颓废地站在那,像一棵不再年轻的树,但神情淡漠,不见泪痕。

看到我,她近乎无声地问我:"你不觉得愧疚吗?"虽然声音微弱,但那眼神让我不寒而栗。她怪我没有在得知父亲病危的第一时间赶回家。

我是有苦衷的,但我不想在父亲面前和她辩解什么,那是父亲不愿意看到的局面,他从来都希望我和宋明月能够一辈子相亲相爱,把彼此当作人生中的避风港。这也是他将那个无字契约,以遗嘱的方式烙印在我们人生之中的目的。因为母亲告诉我,父亲留给我们的最后一句话是要我们完成他的第二个愿望。

我看了一眼宋明月，开始感觉到如果我和她把陌生自我的不稳定因素引入父亲精心编织的游戏中，意味着什么。

我想宋明月和我一样，一定在心中仔细分析过，父亲所说的困境到底指的是什么。失业？患重病？如果资助过对方一次之后，需要继续存钱，继续资助吗？如果对方一辈子都没有碰到困境，那钱是归存的人，还是对方？我们甚至会后悔没有在父亲在世的时候问清楚。同时我们也都能猜想得到，父亲的回答一定是：到时候你们就知道了。

我想宋明月和我一样，在心中构建过这样的场景：有朝一日，对方陷入人生困境，而自己像个救世主一样，捧着那数十年积攒的钱，像捧着圣物，交到对方手中，脸上写满自豪又骄傲的表情。

二

现在，我们得让时间过得快一点，之后我将不再是过去的我，我会更丰富，有更多的经历。因为接下来的几年时间，对我来说，有很多人生大事发生，可以概括为：毕业、工作、买房、结婚。

如果概括宋明月的那几年，大概只有两件事：生子、赚钱。当然，如果赚钱也能算一件事的话。

拿到第一个月工资的时候，我联系了宋明月，告诉她我去银行为她开了一张存折。

她当时好像和朋友去韩国旅游了，虽然我没有说得很明白，但言下之意她显然懂了。一阵很熟悉的笑声之后，她说："小家伙，不用你提醒。"即使看不到她的嘴脸，我也有点被洞穿心思之后的尴尬，继而转化为愤怒。我挂了电话之后才发现，手中拿着笔的我，已经在本子上画了很多奇奇怪怪的图案，还在"宋明月"三个字上画了很大的叉，而那个叉又被我反复描摹，痕迹之重，把纸都弄破了。

小时候，很多次被宋明月耍了之后，她还会火上浇油："小家伙，跟我斗，你还嫩了点。"说的同时，眯缝着眼睛，嚣张地笑着。大概也是从那时候开始，我拒绝喊她姐姐，而是连名带姓叫她，为此，也没少被父母训斥。但宋明月不太在乎我叫她什么。她说，不管我怎么叫，都改变不了她比我多吃了五年饭的事实。

　　之前我已经告诉过你，宋明月拥有一家公司，准确地说，她是一家商贸公司的大股东，另外一个大股东是她的同学。她们公司的业务广泛，涉及零售业、酒店业和娱乐行业，连锁店遍布大半个中国，在她大学毕业以后的14年时间里，宋明月摇身变成了千万富婆。

　　其实，很多人调侃过我，宋明月的事业做得那么大，为什么我还要窝在一个市级小报社当一名老记。大多数时候，我会反驳，老记怎么了，精神富足，情操高尚！她宋明月不就是一个庸俗的商人吗？我知道他们也从这句话中听出了酸味。

　　其实我不是没有想过投靠宋明月，特别是在工作不顺心，被妻子王然数落的时候。但理智告诉我，如果我真的寄在宋明月篱下的话，日子会更不好过，有可能会赚很多钱，但会失去我从小时候就努力在宋明月面前建立、积累起来的尊严。能不找她的事，我绝对不找，不能找她的事，更不会找。

　　宋明月在我们家所有亲戚中成了焦点人物，偶尔参加一次远房亲戚的喜宴，身着名牌、开着超跑的她也理所当然地成为主桌上的客人，礼遇有时候比母亲还要高。当然，她值得主人那样招待，毕竟她随的礼是我的好几倍（为此母亲有些怨言，认为我们应该随一样）。母亲是站在我的立场考虑的，但宋明月正好相反，所以我能理解她的做法。一个人的财富和幸福，有时不会成正比。我知道，宋明月过得不幸福，别问我是怎么知道的。她那疲惫的神情和不再清澈的眼睛，都泄露了在这光鲜亮丽的背后，她隐藏了很多心酸的东西。

"人家都说，缺什么就炫耀什么。宋明月，你这么高调，是在掩饰你内心很穷困吗？"我终于没忍住挖苦了她。那是在表姨的女儿正月十六的婚宴上，宋明月过年都没有回来看母亲，却从杭州赶回合肥参加了那场婚礼，准备了很多红包，给每个长辈和晚辈都发了。我甚至猜测，宋明月就是想借助这种家族聚集的场合，来炫耀她的财富和她的成功人生。

"是呀，我穷得只剩下钱了。"她拨弄着镶有亮闪闪水钻的指甲，还拽了一下硕大的七彩耳环，肥厚的耳垂像橡皮糖一样，被拉得很长。她笑盈盈地看着我，那笑容里有一些疯狂的东西："一帆，怎么样，你在那个什么报社工作好几年了，还是一个风里来雨里去的小记者？"

我没再说话，静静地吃着菜。争吵未必要说话，在我看来，我和宋明月即使这样安安静静地坐着，也好像一直在争吵。

宋明月终于活成了我最讨厌的人的样子。

三

那个周末之所以被记住，至今还被我拿来在心里和自己讨论，是因为发生了一件大事。当时我和几个朋友喝得正酣，酒在我的血管里作祟，毁坏了我大脑里好几公斤的思想。母亲突然打来电话，压低声音说（我猜她是在卫生间打的）："赶紧回来，你姐回来了。"

宋明月就这样强势地进入了那个原本安逸的周末。

我看到她的时候，她靠在床上，怀中抱着一个枕头，黑眼圈吓人得很，茫然地看着电视。坐在床上的母亲给了我一个眼神，就离开了房间，还轻掩上了门。我拖了一张凳子坐在了离床不远也不近的地方，感觉心里有一只漏气的气球在乱窜。电视里播放着一部章子怡主演的古装剧，正放到她站在一座城楼上，鼓舞士气，抵抗来袭的叛军。

"喝了不少酒?"宋明月还是打破了宁静,她的嗓音沙哑,好像在体内被封存、迷失了太久。

"宋明月,怎么了?你别这个鬼样子行不行?"我把这句疑似骂人的话朝她扔过去之后才意识到,我是第一次见到宋明月这个样子。父亲去世的时候,她虽然伤心,却不像这样丧。那个平时像骄傲的孔雀,又像护食的狮子一样的她,突然变成了一只蜷缩在角落里茫然无措的猫,这多反常。

我又劈头盖脸地提出了许多没有得到回答的问题。

她完全脱离了之前树立的泼妇形象,全神贯注地盯着电视,但目光的焦点并不在那里。她被我所不知道的一些东西牵住了思绪,将世界隔绝在外。这让我有一瞬间的恍惚:这个坐在床上的颓废女人,是不是我认知中的那个宋明月?

"你没有发现,我们是独自活在这个世界上的吗?"宋明月一本正经地问出这句话,然后把钉在电视机上的目光移向窗外。时间还不算太晚,对面高楼的窗户里透出错落有致的方方正正的昏黄灯光。

酒精似乎又在我的血管里活跃起来,太阳穴跳动得厉害,我不知道要怎么回答她,沉默了好一会儿后,觉得寂静太过强大,以至于我不得不说点什么。看着宋明月的样子,我不忍心再打击她,温和地问:"你是被老胡打了吗?"

老胡是宋明月的老公,不知道为什么,当初我像排斥喊宋明月姐姐一样,排斥喊老胡姐夫。这二者之间是有逻辑关系的。老胡长着一脸络腮胡子,还有点含胸,走起路来像一只趾高气扬的鹅。宋明月当初看上他什么了我也不知道,是预见到他会带给她万贯家财吗?那么她有预见到有一天他会背叛她吗?还是说,她的预知能力有限,无法预见更为久远的事情?还有没有一种可能,是她都预见到了,但是仍然选择了老胡,选择了这条人生路?

我突然想到父亲有一次在饭桌上说看什么书时,恰逢宋明月和第一个男朋友分手,心情正处于低谷,宋明月很火,怪父亲怎么能在那个时候还说书,母亲也小声责怪父亲。父亲说:"你读的什么书,比你嫁什么男人重要多了。"

"以前我很年轻,但总是知道我想要什么,现在我不年轻了,却不知道自己要什么了。"她还在那答非所问,目光始终没有朝我递过来。

有一些无形的东西横亘在我们之间,让人感到有些沉重。

意识到现在无法和她交流,我站起身来准备离开,凳子腿的脚垫掉了,摩擦着原木色的地板,发出刺耳的声响。宋明月看了我一眼,突然说:"现在就是我的人生困境,你把存折给我吧!"她终于看着我,几乎是用一种祈求,又像是安抚的声音说,感觉就像牛奶巧克力一样柔滑。

而我却感觉空气被锁进了胸腔里,有一种窒息感。

我为什么会感到心虚又害怕呢?是害怕被九泉之下的父亲责骂吗?是害怕有朝一日我陷入困境,宋明月以同一方式报复我吗?还是因为现在像被拔光了刺的宋明月呈现出的楚楚可怜,惊动了深埋在我内心深处30多年,那些对她这个唯一的姐姐的爱?

我不知道。

四

你可能最关心的还是我和宋明月这些年各自为对方存了多少钱。这件事似乎成了一个禁区。宋明月常年在全国各地奔忙,更多时候在杭州的总公司坐镇,她们公司的整个财政大权都掌握在她手中。我们一年中见面的机会屈指可数,我想等母亲也不在了,我们大概就不需要见面了。异地恋很难修成正果,有时候,异地的亲情其实也是如此,维系的纽带像蛛网一样脆弱。我们从不主动谈起这件事,好像生怕被对方窥探到某种不可示人的隐私。只有一次，母亲在饭桌上说起父亲，说起父亲的临终愿望，淡淡地看着我们问："你们在执行你们爸爸的遗愿吧？"

宋明月看着我，微笑像谜一样，等待着我先开口。那一瞬间，宋明月对我说过的每一句话，全部都以响亮和刺耳的方式回到了我的记忆里。

"当然。"我说。思绪却逐渐转向很久以来一直藏在心里的一幅画面：那是一张暗红色的存折，开户名是宋明月，开户时间是我工作的第一个月，但存款数额为"0"。那个"0"像一个无尽的黑色深渊，隐藏着强劲的吸力，似乎我一靠近，就会被它一口吞噬。

我完全有理由相信宋明月也做得出来这样的事情，她经常会说一些没有任何动机的谎言，而让人发狂的正是这个。尽管某些谎言像照耀我们的太阳，像一株植物一样显而易见，但那个说谎的人，就生活在这样的谎言之中，他们看不到这一点。

宋明月清了一下嗓子。

母亲喃喃地说："我但愿你们一辈子都不会动用这笔钱。"母亲的话打断了宋明月可能想说，又可能故意隐瞒的话。

父亲让我们立下的无字契约，很显然无效。

我可以告诉你，我工作的第一个月，拿到手的工资只有不到2000元，但我还是在那张存折上存了1000元。然后一个月一个月地看着那个数字增加，心里升起对自己遵守诺言的谦卑敬意。

后来，王然以及几个朋友听说这件事，毫无保留地展现了他们的惊诧，然后问出差不多的话："你姐那么有钱，她用得着吗？"

"她有钱是她的事，我存的这个，不仅仅是钱，更是我父亲的遗愿呀！"我努力把这件事上升到一个高度，借助父亲，为自己打造一个光辉的形象。

"你爸以前肯定也没有想到你姐会成为富婆，不然他肯定会改变遗愿，让你姐帮扶你一把。"

出于某种原因，在宋明月面前，我努力保持着知识分子的清高和傲慢，我要让她知道，即使我不像她那样腰缠万贯，我也活得轻松自在。我甚至在心里恶毒地诅咒过宋明月，什么时候让她破产，或者家庭不保，让她吃一点苦头，认清这个世界。

一次宋明月回老家，给王然带回很多东西，化妆品、衣服、首饰、包包。王然很生气，因为那些东西虽然都是名牌，但很多是宋明月用过的"二手货"。宋明月在的时候，王然压制着没有太多表现，但她走后，王然发飙了："都说越富有的人越抠门，我看一点不假，这个宋明月也太瞧不起人了，打发叫花子吗？"在我的影响下，王然除了宋明月在场时，喊她一声姐姐，其他时候，也是直呼其名。

"你一个月拿的那点钱，还不够人家买一个包，你还抠着给她存钱，真是天大的笑话。"王然用鄙夷的眼神打量着我，像看一个三头六臂的怪物。

我没有理睬她，把她的话权当狗粮。只有我自己知道，我存钱虽然是为宋明月存的，但又不是为她存的。我很难把这个想法传递给王然。有时候，当我心里知道，却又没法让别人理解的时候，我都以沉默回应，像树桩那样沉默。

女人真是很奇怪的生物，她们的感情天线像触角似的在空中神经质地晃动着，让人完全摸不着头脑。明明把宋明月骂了一通，又伺机和我吵了一架，但第二天，王然还是穿着宋明月给的大衣，背着她给的LV挎包出了门，出门前还在镜子前自我欣赏，摆拍了很久。

王然是小学老师，业余爱好是写点豆腐块小文，偶尔在我们报纸的副刊露个脸，拿个三五十块钱的稿费，都能兴奋好几天。有一次我告诉她父亲生前的万册藏书都捐给了图书馆，甚至还有一些孤本，她悔得好几天茶饭不思，指责我怎么没阻止父亲。同时她也在一家纯文学网站担任文学版块的编辑，每天义务编审、修改稿件，写编者按，乐此不疲。并且和一帮网站管理人员形成了长达十年的友谊，每年都要线下聚会一次。2018 年网站集资，试图三年内在香港新三板上市，于是鼓动王然这些对网站忠心耿耿的"管理人员"购买原始股，便宜得要命，0.5 元一股。

王然和我说这件事的时候，眼中闪耀的光芒似乎从房子的所有门窗中流泻了出去，穿过林立高楼，到达了我不知道的地方。

"这样的骗局也太蹩脚了，你也相信？"我阻止她投资。

没有得到我的支持，她眼中的光芒瞬间黯淡了下去，但怒气让她的脸像是着了火，她冲着我喊："如果宋明月也像你这样前怕狼后怕虎，她能有今天吗？一点风险都不愿承担，等着天上掉馅饼？"

"有事说事，为什么要拿我和她比？！"我也吼道。

"喊。"王然发出轻蔑的一声，眼睛吊着扫视了我一眼。我知道她是故意的，因为她知道我讨厌"喊"这个字所包含的意思，更讨厌别人用这样的眼神看我，她故意要惹怒我："怎么，还不许人说？你就是没有宋明月有能耐呀！虽然我讨厌宋明月，但我更讨厌这样的你。"

"那你和她过去！"我不知道一个整天自称文艺女青年的人，怎么这么肤浅而庸俗，当初也不知道怎么就爱上她了，婚前的她比现在可爱多了。在这一点上，她不及宋明月，宋明月从不掩饰自己的本性。

"如果她是个男人我会去的！"说着她转身进了房间，用力甩上房门，仿佛那门是我。

夫妻之间不断重复那些互相伤害的话是愚蠢的。我也很怕王然的冷暴力，一般在争吵之后，她会将我当作空气视而不见，洗衣服、做饭这些事，她也会将我的那一份剔除。在温柔的外表之下，她身上潜藏着固执的东西，无论我怎么绞尽脑汁认真研究分析，都不能了解王然那种温和的倔强。

母亲和我们分开住，也是因为王然。她和母亲产生矛盾时，运用的也是这样的冷暴力。母亲什么都没说，只是说和我们住在一起不方便，饮食和作息的差距都很大，又说很想念老房子，坚持回去住。即使母亲什么都没说，宋明月也看出了一些端倪，来我们家把我和王然劈头盖脸臭骂了一顿。

虽然我理亏，但我还是据理力争："你有什么资格说我？要不你把妈接到杭州去住。"

宋明月当时的表情让我很难忘，我很难在我的大脑这本字典里挑拣出一个合适的词来形容。我只知道，那是我记得的为数不多的宋明月和我争论而没有占上风的一次。

我是在戗她。母亲是不愿意的，前几年偶尔去杭州，每次都待不到半个月就急着回家。我知道，在我家不自在，在宋明月那个空旷的三层豪华别墅里，母亲更不自在。

母亲还是一个人住到了保留着我们一家人回忆的老房子里。虽然她很不愿意，说自己身体还很结实，除了有风湿性关节炎，自理完全没问题，但宋明月还是给她雇了一个全职保姆，8000多元一个月。

其实，只有我自己知道，把总金额151746.3元的钱取出来，并不是完全因为妻子想买网站原始股。在那之前，每次和宋明月见面，看到她那副骄傲自大又有些神经质的样子，我心里就下定决心要把钱花掉，一分也不给她留，因为她不需要，更因为她不配。虽然我不是完全为宋明月才存的这笔钱，但我很想借着这个由头，报复一下她。我甚至恶狠狠地想，当她看到那个空存折的时候，她会是怎样的一副表情。这个渴求在我的心里产生得很强烈，就像春天的小草对发芽的渴求。

王然最终花20万买了40万股文学网站的股份，那段时间她像是从树上掉下来的熟透的果实一样，流溢着甜蜜。她的情绪也感染了我，我甚至也期待着有朝一日，早就等在那儿的富人的世界向我们敞开欢迎的大门。

五

  我不记得我和宋明月有没有过在一起开怀大笑的往事，印象中，我们就像漂移的大陆一样随着时间的溜走而越来越远，而那无法复原的距离根本不是父亲的无字契约和两张存折能解决的。

  第二天我再去母亲家，宋明月已经走了，仿佛她昨夜并没有出现过。我后来在母亲伴着眼泪的长篇大论的碎片中，拼凑出真相是怎么回事。

  丈夫出轨，公司出现危机——这句话，包含了大量的我们外人无法体会的信息。

  我应该是高兴的，这说明我之前的诅咒生效了。这世界上真的存在一语成谶。我甚至怀疑，神听到了我内心的强烈的渴求——如果真的有神存在的话。

  王然得知这件事，幸灾乐祸地说："嘿，宋明月也有今天。"

  我第一次意识到，王然和我一样是仇富的人，而且对象专指宋明月。

  母亲要求我和她一起去杭州，她的意思是，这个时候，宋明月最需要的就是家人的陪伴，或者叫撑场子。去的路上我设想了很多种可能，如何去将老胡揍一顿，如何回答宋明月对于存折的追问，这个时候告诉她我确实存了钱，但后来还是取出来用掉了，是否合适？看看宋明月身陷囹圄，没有帮她，还在她的身上踏了一脚，我是否做好了面对这么卑鄙的自己的准备？

  但很意外，在杭州再见到宋明月时，她又恢复到了从前的样子。因为她见到我的第一句话就是："怎么，宋一帆，来看我的笑话？很抱歉，让你失望了。"

母亲拉了拉她的胳膊："明月，怎么说话的，一帆是真的担心你。"

"就他，拉倒吧，高兴还来不及。"说完，宋明月用X光一样的眼神打量了我一番。

你看，宋明月这个人，就是不值得同情，我也用同样的语气回敬她："你以为我想来？要不是那天你在家那个死样子，还有咱妈不放心，你八抬大轿请我，我也不来。"

母亲说："你们姐弟俩损人的毛病一模一样，前世一定是一对欢喜冤家。"

这句话让我和宋明月都惊掉了下巴。有没有前世呢？如果有，我们是什么关系呢？

我是第二次来宋明月的这栋小别墅，第一次是他们搬进去办乔迁宴。别墅里的装潢是宫廷风，但越是这样豪华，越衬托出背后的凄冷。我很真切地体会到了母亲在这里待不下去的原因。母亲待那么多天，和宋明月相处的机会极少，大部分时间是和保姆待在家。

老胡看到我们的时候，还是很客气，仍然冲母亲叫"妈"，喊我"小舅子"。伸手不打笑脸人，面对这样的他，我还是没办法动怒。

"喊什么呢？你也配？"宋明月很激动，像一只随时准备发起攻击的斗鸡。

"明月，你消停一会儿。"母亲说。

"妈，我承认，我在外面有人是我错了，但明月的脾气您也知道，时间长了，我也受不了，但我真的没有想着抛弃明月……"

"我这脾气怎么了？是藏着掖着，你第一天知道？没想着抛弃我？家里红旗不倒、外面彩旗飘飘是吧？臭不要脸！从我家滚出去！"

"明月！你先上房间去，休息一会儿。"母亲在那一刻，眼中发出睿智的光芒。

"妈,要不你陪她上去,我来和老胡谈谈,都是男人。"我说。

最后,还是母亲留下来和老胡谈,我则和宋明月去了楼上的小厅。"在外面闯的男人,受到的诱惑太多,如果他真的意识到错了……"

正在给我泡茶的宋明月,立刻将手中的水杯使劲蹾在红木茶几上:"宋一帆,你什么意思,给那个不要脸的当说客来了?你这胳膊肘都快拐到太平洋去了。"

"你知道我不是这个意思。"我无奈地看着她,不知道如何解释。

"我不知道!"说完,她转身回了自己的卧室,将我丢在那儿,周遭的一切比我记忆中的更黯淡,更安静。

跟宋明月谈话,就像是打一场永远都没有胜算的仗,我只会让自己变得更狼狈。

我也和老胡谈了一会儿。作为男人,我有些理解老胡,换位思考一下,如果是我和宋明月生活了十余年,肯定等不到现在才出轨。我劝宋明月也是因为这一点,老胡除了长相有些不合格以外,其他方面都很不错,宋明月不一定能找到这样的好男人了。

不是我给男人出轨找借口,这个世界上,不是你亲身经历对方的处境,你就不要给谁妄下好与不好的判断。比如老胡,虽然他出轨了,但某些方面,他还是值得我敬重的。我们谈话的过程中,有一只消瘦的蜜蜂不知道从哪儿飞进来的,在我们面前的桌上缓慢地散着步,老胡用他肥胖的手指轻轻捏住它的翅膀,拎起来看了看,我正准备把脚边的垃圾桶踢过去,他却撑起肥胖的身子摇摇晃晃地走到窗户边,打开纱窗,将它往空中一扔,小声说了句:"飞吧!"

这一幕震撼了我,是的,震撼,即使是这样一件小事。我看着老胡的身影,心里再次告诉自己:要阻止宋明月和他离婚。

母亲的想法和我一样,虽然我们在来时的路上并没有交换各自的意见。她对宋明月说:"明月,不要轻易说离婚,孩子都那么大了,离了你敢保证能找一个比他更好的？刚刚他也和我保证了，他跟那个女人也只不过是露水情缘，不当真的，他认真悔过了，你就原谅他一回吧。"

"你们都这样，到底是谁的家人？联合着外人一起来欺负我。"宋明月的脸色苍白，好像很久没睡觉似的，两只原本就很大的眼睛更显得恐怖。她穿着橙色的家居服，看起来像一个放了太久而干瘪的胡萝卜。

王然给我发信息，我简单说了下宋明月和老胡的事，王然说："宋一帆，你要是敢出轨，我肯定会不要你的，这一点，我和宋明月的战线统一。"

我躺在床上很久都睡不着，一直在想和宋明月有关的事。宋明月的公司出现的危机与疫情有关，那个同学又在公司最难的时候提出了退股。那么强势的宋明月在这件事上，却表现得异常通情达理，答应了同学的要求。她将公司的大部分现金抽给了同学，留下一个空壳的公司给自己。我和老胡都认为宋明月是吃错了药，如果走上法庭，同学的如意算盘不可能得逞。但宋明月依旧我行我素。我猜这里面一定有一些我，甚至是老胡都不知道的内幕，这个内幕有可能让我更讨厌宋明月，也可能让我对她的印象有所改观。

在任何攀爬中，向下都是最难的，比如登山，比如爬树，从金字塔顶端掉落，要比一直在底层来得残酷。即使这样，我还是相信宋明月，可以从这次的打击中重整旗鼓，她能做到，她就是那样的存在。即使我不太想承认。

小时候的宋明月有很多惊人之举，比如10岁时差点把邻居家的狗腿打断了，原因是那狗舔了下她手中的老冰棍；比如13岁时，用石头把放学路上突然跳出来向她表白的男同学的头砸了一个大窟窿；比如前文提到的和第一个男朋友分手，她硬是将恋爱中送他的礼物全部讨要了回来，当着他的面焚烧。

这样的她怎么会被打败呢？

六

"宋一帆，存折你带来了吗？"早餐桌上，随意散着头发、眼睛浮肿的宋明月突然问我。

当时我的嘴里正嚼着一个荠菜馅的饺子（我最爱的食物大概就是荠菜饺子了，不知道是不是宋明月特意给我准备的），听到这句话，突然觉得荠菜的香味迅速消失，回到春天的泥土里去了。

"来得匆忙，没带。"我有些心虚，不敢看她，心里直骂自己是厌蛋，为什么不敢说出来。但现在已经过了最佳时机，若要我再改口，需要宋明月现在翻脸，挑起头和我吵起来，这样我就能拍案而起，愤怒地将真相抖给她。

果然，她轻蔑地说："事到如今，还想瞒着？钱你不是早就取出来买了什么原始股吗？"

这是我怎么也没猜到的，她让我觉得自己是一个笑话，不管我怎么玩，都玩不过她。她像看一个跳梁小丑一样，看着我自导自演，自欺欺人。

"宋明月，你厉害，是不是觉得我很可笑？对，我就是把钱全取出来用掉了，因为我觉得你不配让我这样。"我环顾了一下豪华的别墅，"再说，如果我真的把那一点不够你塞牙缝的钱拿给你，你肯定会更不屑一顾吧？是不是会说，这么多年，就存了这么一点儿？"

"你真了解我。我就是准备用它来羞辱羞辱你，但现在目的一样达到了。"宋明月耸了耸肩，露出一副"你能拿我怎么办"的表情。

"你给我存的你也一样可以花掉，我不稀罕你的钱。"

"笑话，你以为？还轮得到你提醒？"

我从宋明月的眼睛里读出了真相，我恍然大悟：宋明月是个狡诈的人，她肯定早在我之前中止了存钱的约定，又或者，她从来就没为我存过。她的目的就是现在给我的打击，以彰显她比我更聪明。

这一次，确实是我输了，输得最惨的一次。

第三天，我就一个人离开了杭州。

回去之后，我拿着那张余额为"0"的存折，发了好久的呆。突然觉得父亲的这个遗愿一点意思都没有，目的何在呢？我和宋明月就是水与火的关系，无论怎样调剂都是徒劳。有些人的亲情关系，仅存在于血脉里而已。比如之前，我跟踪报道的一个新闻事件，一个已故老人的房子和存款，让三个子女大打出手，对簿公堂；比如我一个同事的大伯，和她爸爸以及几个姑姑老死不相往来，也是她爷爷遗留下来的房子问题闹的；比如我一个女同学，到现在都没有结婚，就是因为年轻的时候一直受家里压榨，挣钱给弟弟买房娶媳妇，成了地道的"剩女"。在这个热衷追逐金钱的社会，亲情变得越来越淡漠了，我和宋明月之间亦然。

父亲确实是错的，如果没有他这个遗愿，我和宋明月的关系或许比现在要好，谁知道呢？我希望那样吗？我更不知道。

这之后，我和宋明月很久都没有联系。当然，以前我们也不怎么联系。母亲是一个多月后才回来的，这是她在杭州待得最久的一次。宋明月还是和老胡离了婚，母亲告诉我的时候，我并没有太多惊讶，因为这是宋明月的风格，她认定的东西、做的决定，不是谁能改变的。宋明月将那栋豪华别墅卖掉了，也许是为了救济公司，也许是为了将她和老胡的过去彻底从生活中删除。母亲说这句话的时候加了一句："卖了也好，那不是家，是房子。"

母亲回来后并没有多说什么，不管是对于宋明月不听劝阻而离婚，还是我违背了父亲的遗愿，只不过有时候看着我，转过身后会轻轻叹一口气。我不知道，她是对我失望，还是对宋明月失望。

我有次想，要不要从现在开始，重新为宋明月存钱，这一次从一而终。我甚至想得更深了一些：若干年后，宋明月再遇到人生困境，我拿出存折或不拿出存折各自是什么结果？能不能扭转之前的败局？

但最终这个念头，还是被某种力量甩出了现实的轨道。

七

我们之所以认为现实与小说、电影不同，是因为我们大部分人一生平凡，没有机会去经历小说与电影中的人物那些充满巧合的事情。而我们在感叹身边人的不幸的时候，也从没有想过，那些不幸，那些我们认为充满巧合的事情，会发生在自己的身上。

那天采访回来，和几个哥们儿聚了一下，回家的时候，骑在共享电动车上的我，在一个转弯的路口被一辆货车撞飞。明明很晚了，但似乎是一瞬间就有很多人围了过来。每当发生什么不同寻常的事情时，总会有很多人不知道从哪儿冒出来。

在这之前，我刚查出有不育症。

躺在病床上，我感觉灵魂在空中飘浮，与世间万物绝缘一样，但又感觉肉身疼痛得如被狡诈的女巫施了魔法。是的，我还不相信这一切是真的。

病房里很安静，在这个人满为患的医院里，里侧的病床上居然空荡荡的。

我看到宋明月蹑手蹑脚地走进病房，似乎怕惊动我身边的空气。但她进来后，发现我是醒的，那种小心翼翼立刻就消失了，转来转去，把东西弄得砰砰响，可实际上，她什么事也没有做。她的脸上看不出什么情绪，无论是对我的关心，还是不关心。

"你怎么回来了？"我问她，声音像一件皱巴巴的衬衫。

"你以为我想回来？要不是咱妈在电话里哭哭啼啼，好像你马上要死的样子，我才懒得管你。"她站在床边，居高临下地看着我，那熟悉的形象和表情慢慢显现出来，"你本领大得很呀！喝那么多酒还骑车，怎么，现在知道装孙子了？"

大概是我没有配合她进行这场争吵，她又转移话题："关于不育，好了赶紧给我去治，我们老宋家可不能在你这断了香火！"她审视着我，这句话说得斩钉截铁。

宋明月还是这么讨厌，如果一生里有一件事她能坚持到底的话，一定是损我。但我心里却有点泛酸，因为此时此刻"姐姐"这个词在我的心里温柔地回绕，一遍一遍敲击我的心房。

我和宋明月有过许许多多的互损、争吵时刻，它们的意义是什么？我努力回想自己对宋明月使用过的一些词句，它们已经失去了光泽和力量，被时间压缩成很小的一团，在我的心里越来越重。

父亲所说的人生中的困境，宋明月和我都经历过一次了。父亲是不是看了某本书，掐算到了呢？这时候我才发现病床边的蓝色柜子上，放着一本黑色的《教父》。

"宋明月，如果，如果能选择你所生活的历史时期，也就是说，如果我们能穿越，你会选择去哪个时代？"我看着那本书问。

宋明月没有立刻接话，而是从书中拿出一张暗红色的存折，轻轻地放在我的枕边。她放的过程很慢，而在我的感知里，那个动作又被延缓了数倍，我的心脏一阵颤动。

"我会选择1986年9月12日的那个下午，丑得像猴子一样的你缩在妈妈的怀里。爸爸牵着我走过去，对我说，他叫宋一帆，以后就是你弟弟了。你努力睁着糊着眼屎的眼睛看着我……"她边说边毫无遮拦地笑，最后竟然有点不能自已。

这一刻，我好像知道了，那些沉重的东西，或许是爱。争吵和和睦一样重要，拥抱和推开也一样重要，都是爱的不同表达。我们这一生，都是在耗尽全力地向自己,向别人,向世界,论证"爱"这个简单的论题。

  探险家们为什么不通过仰望天空来感知这个世界是圆的?那是因为他们没有恰好在思考这个问题的时候躺在璀璨星空下的草地上。而现在的我,遇到了这个恰好。如果爱的一万种方式当中,有一种是水火不容的话,那么,我是爱宋明月的。

玻璃迷宫

一

我的人生就像一只坏钟的钟摆，即将停滞不前。

二

绿灯还剩 1 秒的时候，我在心里做了计算，加上 3 秒的黄灯，冲过去的概率还是很大的。因为是周末，又不是上下班高峰期间，路口的交通指挥员和交警都不在。

一声巨响之后，我感觉自己被谁大力地抛出去，像一张抛向水面的网。电动车倒在地上滑行了很远，响声尖厉，像儿时用铁锹在水泥地上铲稻谷的声音，让人耳鼓发麻，心中作呕，但我没有感受到疼痛。眼前出现了很多灰色的小光圈，随即又破碎不见，于是我问自己：这是否是梦境？

我时常做梦，这不神奇，神奇的是我的梦境不像别人的那样凌乱，而是具有完整性和逻辑性。更神奇的是，我会控制梦，并且在梦中保持着现实中的清醒。譬如，每当在梦中遇到危险时刻，我会告诉自己，不要像别人那样以痛感来辨别梦境与现实的区别，只要大声呼喊就可以了，如果用尽力气大喊，却听不到声音，那梦中的我会用潜意识告诉自己，这是在做梦，现在只要努力动一动手指或者脚趾，就能从梦中醒来，化险为夷。譬如，美好的梦境被现实中的因素（声响、尿意）打断，我能在上了一趟洗手间之后，再次入睡，并将没有做完的梦接着做下去。譬如，我能做梦中梦。诸如《路边野餐》《地球最后的夜晚》《盗梦空间》之类的影片，很多人表示情节太"烧脑"，我却一遍就看懂了，我想编剧和导演应该和我一样，是能够做梦中梦的人。

这也常常让我思考，梦境和现实的界线是什么？谁能证明我们现在的生活不是梦境，而那些梦境是现实？

我躺在血泊之中，看到了周围迅速围过来的人群，没有疼痛，但听到了惊呼声，于是我怀疑自己之前辨别梦境真伪的方式。或许，感受不到疼痛才能证明身陷梦境？天空阴沉沉的，没有儿时躺在山坡上看到的那种让人瞬间平静的蓝天白云，但能够仰躺在那里，全身瘫软般放松，放空思想，那灰蒙蒙的天空也变得美丽起来。

我似乎看到了父亲的身影，模糊不清，没有梦中的清晰，他坐在池塘边的一个皮革马扎上钓鱼，戴着草帽，没有回头看我一眼。

"喂！120吧？快来，希望路与飞跃大道交叉口出车祸了……"一个男性的声音在我耳边响起。

谁出车祸了？我吗？

周围渐渐暗了下来，仿佛谁用蘸了淡墨的笔，正在为城市的黑夜刷上第一层底色。

三

"你眼中的我，其实并不是我。"

在我说这句话之前，肖月已经说教好一阵子了，现在她似乎有些口渴，打开冰箱拿了一瓶苏打水，咕咚咕咚喝了一大口，并没有直接吞下去，而是让那些水撑着腮帮子，在口中停留了一小会儿，最后才做决定似的吞下去，然后又使劲扭紧瓶盖，我几乎可以预见后来她需要向我求助才能再次打开它。我真希望她把那些陈词滥调都关在瓶子里："我都不好意思对爸妈和同事说，我的男朋友是半个外卖员……看你，晒得像一块长了脑袋和四肢的炭（不得不说，她这个比喻真有画面感）……整天一身臭汗，洗你的衣服我都想吐……别说你只是想让我们的日子好过一些，你不能学学其他人，找个轻松又赚钱的兼职吗？我同事她男朋友……"

我对女性并没有歧视之意，但还是不得不说，她们的话实在是太多了，像复读机一样，总喜欢循环播放，完全不顾及听者的意愿。当初我刚认识的肖月，和现在的肖月判若两人，有时候我也会反思，是否正是这样的我，才造就了现在这样的她，反之亦然。但这也让我再一次确定，每个人虽然只有一具肉体，但绝对不止一个灵魂。

其实我还没有告诉肖月，保险公司的工作我已经辞掉了，反正也只是合同工，现在保险业很饱和，我也不是那种巧舌如簧的人，能够靠三言两语让顾客买下连我自己都没有完全搞清的险种。而外卖员唯一要遵循的就是时间准则，只要不超时，顾客不投诉，收入可观，我便不用和他人进行过多的交流，这多适合我。

"不是你是谁？鬼吗？还能好好地说话吗？"肖月把苏打水塞进冰箱里，使劲地甩上门。冰箱有点小，瓶子估计挡住了门，门被反弹了一下，又打开了，瓶子掉在地上，滚了几圈，停在凳子腿边，一起滚下来的还有一截没有吃完的火腿肠。

"你是有其他喜欢的人了吗？"我看着那大半瓶慢慢平静下来的水问她。她显然没有料到我会把话题转到这上面，一时没有反应过来。我继续补充:"你眼中的我现在一无是处,难道不能说明问题吗?"有人说,当你看一个人,只能看到他的缺点的时候,也就说明你已经不爱他了,或者说,不那么爱他了。这句话是经验之谈。我们在一起三年了,同居也有一年了,我已经很明确地感觉到肖月不是那个从前看着我的时候眼里有星光的女孩了。

"秦阳,你真不是个男人。"她的眼眶有点泛红,随后拿起沙发上的背包,走到玄关处准备换鞋。

我还是有点心软,虽然我并不认为自己错了。就像小时候,母亲总会因为一点小事动手,比如考试没考好、作业写错、贪玩回家太晚,她会顺手拿起身边适合打小孩的东西(鸡毛掸子、鞋子、锅铲等等),一边打一边说:"你那个短命鬼爸爸狠心丢下我们孤儿寡母,我一个人把你拉扯大容易吗?你能有点上进心吗?能学着点好吗?我命怎么这么苦……"完全不管继父就在旁边闷闷地抽着烟。她怎么能用"孤儿寡母"这个词呢?那继父算什么?虽然我有满腹委屈,不觉得自己做错了什么,但是看着那样的母亲,我既恨她又可怜她,于是只能低着头认错。

我走过去拉住肖月的胳膊,将她拥入怀中。她挣扎了几下,试图推搡开我。我双手捧起她的脸,亲吻她的嘴唇,她愤愤地抹了一下嘴,说:"一身臭汗,放开我,我去找我喜欢的人。"

"对不起,我错了。"我说。

她轻声叹了口气,我知道这代表她做出了让步。"我要是有了喜欢的人,我会第一个告诉你的,我只是对现在的生活感到无望。"她环顾了一下我们这个小小的出租屋,"什么时候才能拥有我们自己的房子呀?你知道我顶着家里多大压力才和你在一起吗?……"

我认真地盯着她不断张张合合的嘴,其实思维却在别处。我喜欢回顾和反思经历过的事情,把它们整理到一块,虽然这并未让我成为一个更优秀的人。我在想上午从另外一个外卖员那里听来的段子：伦敦的出租车司机开车几个月后，智商都会变高，因为伦敦道路复杂，像一个巨大的迷宫，长期穿行其中，让他们对哪怕是一家咖啡店的位置都了如指掌。

我不知道自己在这个城市做了一年的外卖员，智商有没有变高，但有一点可以肯定，这个城市也像一个巨大的玻璃迷宫，大街小巷纵横交错，我在迷宫里马不停蹄地穿梭，用车轮和脚步丈量城市的脉络，也在寻找那个遥不可及的出口。

又或者说，我的人生就是一个巨大的玻璃迷宫，而我并不知道出口在哪里。

四

我看了眼手机，距离最近的一单送达时间还有 5 分钟，这个小区我很熟悉，知道每一栋的位置，时间够了，我稍稍安了心。烈日在我等红灯的时候威力尤其大，明明才 6 月份，被安全帽捂住的头顶，里面像还躲了一个太阳，汗水顺着鬓角和额头往下流，我感觉到有一大滴汗珠慢慢改变流向滑到眼睛里，引起了一刹那的轻微刺痛，我抬起绑了湿毛巾的右臂胡乱擦了一下。

绿灯刚亮起，我就已经转动车把手，迅速冲了出去，将刚在右边一起等红灯的女人说的那句"难闻死了"丢在了身后。我下意识地偏过头闻了一下湿了又干、干了又湿的衣服，并不觉得有多难闻，但我也清楚，即使是一点点汗馊味，这些鼻子敏感的总是香喷喷的女人也是最忍受不了的，就像肖月现在忍受不了我一样。

收到肖月信息的时候，我正敲响顾客的门，开门的是一个顶着一头乱糟糟的鬈发的小伙子，穿着污渍斑斑的卡通米老鼠睡衣，即使门是半开的，我还是看到了屋子里和他的头发一样乱糟糟的，应该是合租屋，也闻到了一股残余酒菜的腐烂气息，让我不由自主地战栗了一下。连我自己也不知道，这战栗其实来自肖月的信息，我看到那条信息的时候，颤抖的手和提着的心可以证明。

"你好，你的外卖。"我几乎是机械地说，因为这句话从我口中出现的频率太高了。

他接过袋子，什么话都没有说，原本就拉着门把手的手，快速回拽关上了门。

这种人很常见，我并不在意，我在意的是肖月的信息，于是迅速将全部注意力放到手机上。

"秦阳，我们还是分手吧。"

文字本身是没有情绪的，但我可以明确地从这九个字里感受到肖月说这话时的语气和神情——充满无奈，而又坚决。我盯着这句话，靠在电梯内壁上，有点虚脱感，不知是热的，还是累的，或者其他原因，于是索性顺着电梯滑了下来，坐在了电梯里，从29楼到达1楼，还有几十秒喘息和调整的时间。

我们的关系一直不被她的父母认可。父母是很现实的，像我这种没有正经工作、家境平凡、长相普通的人，无法入他们的法眼。我试着理解他们，但我和肖月的感情是真实的，起初我也相信只要努力和保持真诚，终有一天，房子、车子会有，事业稳步上升，她的父母也会因此而接纳我，然后我们结婚生子，过着平凡且安稳的生活。我会更加努力做一个好丈夫和好父亲，我不想在肖月和未来的孩子身上，看到母亲和我的影子。

可是，现在肖月退缩了。

我不知道能说什么，于是发了三个大大的问号给她。之后盯着对话框一小会儿，期待她有所回复，哪怕是一个表情也好，但手机一直沉默不语。骑车的时候,脑袋里一直想着如何挽留住肖月。又想着,这份感情维持得了一时,能否维持一世?我没有能力握住一缕想要溜走的烟。

但我还是做了最后的挽留。傍晚,送完最后一单后,我回家好好地洗了个澡,换上肖月最喜欢(曾经)看我穿的一套衣服,买了她最爱喝的杨枝甘露,去她工作的商场一楼等她。一楼有几个珠宝品牌的柜台,有一对情侣在看钻石戒指,大概到了谈婚论嫁的地步。女孩试了好几款都没有下定决心,男孩虽然没有说什么,但他坐下又站起、站起又坐下的行为,让我有点同情他,似乎也看到了他们未来充满坎坷的婚姻生活。

肖月和一位同事有说有笑从二楼的手扶梯下来,看到我的瞬间,脸上的笑容立刻就消失了。如果不是我赔着笑脸叫了声"肖月,下班了",让她同事停下了脚步,肖月一定会忽略我,像忽略路边的一棵野草。

我提议去吃商场里那家198元一位的日式自助火锅,肖月愣怔了一秒后说:"难得你这么大方,不过也是,分手饭。"

"不是,不是,我还没答应分手呢。"我将沁凉的杨枝甘露递到她的手中,她倒是没有拒绝,用吸管灵巧地扎破杯口塑封,喝了起来。我闻到了浓郁的杧果味。

当我将肖月喜欢的菜、蘸酱、甜点、冰激凌、饮料、水果一一拿到桌上,看着她漫不经心地刷着手机时,我突然感觉自己很下贱,这种感觉让我作呕。同时,我也明确地意识到,爱情这种东西,就是一个愚蠢的概念,只不过是两个还没有彼此厌倦的人之间的化学反应,一旦相处久了,那个反应也就消失殆尽了。

五

我一直在做梦,好似从未真正醒过。

手机像一只瑟瑟发抖的小动物在我的肩膀处乱扑腾。我花了好一会儿工夫才从消毒水的味道、雪白的被褥、悬吊的输液瓶中反应过来——自己躺在病床上，并从护士、隔壁病人家属的口中弄清了来龙去脉。没过多久，就有一个高高瘦瘦的、架着眼镜的人来到病房里，向我抛出无数支箭："请问你是故意闯红灯的吧？你那时候送了多少单外卖了？是不是太疲劳了？你买意外险了吗？你是本市人吗？……"他的目光像我小学时候最怕的数学老师的目光那样严厉，充满告诫与责备之意。

我努力回忆当时的情景，但除了那一声巨响，我什么都拼凑不起来，仿佛记忆被人按下了删除键。我感到一种从未有过的恐惧，它就像一条裂缝一样，在我的心中迅速蔓延。

《外卖骑手闯红灯撞上路人后，被汽车撞飞》的帖子和短视频跃为本地热门，有人借机对外卖骑手这种"马路杀手"现象进行了抨击，呼吁政府应该出台一些政策，整顿这种乱象。有人说，此次事件，我是罪魁祸首，应该负全责。也有一小部分人说，平台对外卖骑手超时的惩罚制度太苛刻了，让他们不得不拿命在"奔跑"。

屏幕碎裂的手机里有好几个来自母亲的未接电话，我很想给她回个电话，于是也就那样做了。她尖厉的声音迅速蹿入我的耳朵："你这孩子，怎么老不接电话？"这句话突然让我的鼻子有点发酸，"我告诉你啊，你得和肖月尽快把婚事办了，你们都老大不小了，难道不买房子就不能结婚？……趁着我这把老骨头还能动……你堂哥生了对双胞胎，看把你堂婶炫耀的……"

后来怎么挂的电话我已经忘了，但我没有告诉她我出车祸以及分手的事情。并不是我不想让她担心，而是我觉得向她解说，听她唠叨，是比没人照顾还要令人沮丧的事情。

由于是兼职，没有平台给我买意外险，除去医疗保险报销的以外，给那个路人的赔付以及我们两人的医药费，几乎花光了我这些年来的所有积蓄。也是这时候才发现，作为一个保险推销员，我居然没有给自己买保险。由于我是全责，那辆撞倒我的小车司机也没有负什么责任，只是出于同情心，来医院看望过我一次，买了果篮，象征性地给了一些钱。

我不知道肖月是怎么知道这件事的，所以那个早晨，当她捧着一束花站在病房里的时候，护工正好在给我擦洗身体，我竟然尴尬得红了脸。明明我们曾经是那么亲密的人，不着寸缕地坦诚相待过。意识到这一点的时候，我的内心也承认了，我们已经彻底结束了。

"没人照顾你吗？"她将花放在床头柜上，花束太大，导致本来就拥挤不堪的床头柜显得更为局促。

"有啊，她。"我指了指刚转身去卫生间倒水的护工的背。

她坐在床尾，屁股触碰到了我的脚，随即挪动了一下，与我的脚拉开距离。"以后不要再送外卖了，太危险了。"

我其实很想说，倒霉的人，做什么事都是危险的，"屋漏偏逢连夜雨"说的是有道理的，但是话到嘴边，又变成了"好的"。

"多久能出院？"她的目光在我的身上游走。

"快了。"我说。

接着就沉默了好一会儿，我有那么一瞬认为，这也是梦境，不然无法解释，我们居然如此心平气和地进行了如此无聊的谈话。要知道，我是在我们分手一周后出的车祸，而出车祸的那天早晨，我在商场的楼下，看到了一个开着奔驰的男人送她上班，从他们的行为举止来看，并非普通的朋友关系。

有可能肖月在和我分手之前就已经和这人搭上了，更有可能是因为这个人，她才提出和我分手。难道再次见到她，我不该掀开她谎言的外衣，让她喜新厌旧、贪图富贵的丑恶嘴脸暴露在阳光之下吗？

六

烧已经退了，汗水让我的后背粘在席子上，挪动的时候，还发出了轻微的类似于撕纸的声音，睡在干爽的地方，那瞬间的凉意让我的脑袋清醒了很多。阳光穿过窗帘的缝隙，灰尘在那一溜光柱里上下翻飞，场景竟有些优雅。

有多久没注意过这种细节了？我自己也不知道。

不知怎么就想到了一个很深奥的问题：活着的意义是什么？我把这句话在脑海里翻来覆去地盘了很久，也没鼓捣出个所以然来。我强迫自己不要再想了，想想其他的吧，譬如等到太阳落山，不那么热了，就出去跑几单，挣个饭钱。但想到这里，又会与上一个问题联系起来：送外卖这种争分夺秒的人生有意义吗？

伤愈之后，我休养了一段时间，再次跑起了外卖。我记得在一个微信公众号上看过一篇文章，分析外卖员现在内卷现象严重，但工厂流水线的工人却极度匮乏的现象，作者说原因在于现在的很多年轻人不愿被束缚在工厂里做枯燥的、脱离外界的工作，而外卖员相对来说自由很多，也不需要什么技术含量。他说得有一定的道理，但对于我来说，当初选择这份工作，是想在本职工作之外，有一份额外的收入，这样，我就会离肖月想要的生活更近一点。现在再次跑起外卖，是因为现在的我，已经不知道自己还想、还能做什么了。

没有了追求和动力，是分手最大的后遗症。

那天傍晚，我顶着还有些混沌的脑袋，接了四单。最后一单，这个人点的是知名奶茶店的杨枝甘露。在排队等待的时候，我又想到了肖月，曾经我也很多次在这样的奶茶店，为她等待杨枝甘露。

我在住院期间做过一个梦，梦中的我，在一个楼顶上和肖月进行了一场激烈的争吵,我把之前没有说出口的话全部喊了出来,用最恶毒的词语极尽羞辱了她。肖月气得面孔扭曲,冲过来大喊:"去死吧!"然后双手用力将我从楼顶推了下去。当时我竟然还想,连个易拉罐都要我打开的人,怎么会有这么大的力气。身体往下掉落时,巨大的恐惧和失重感紧紧地包围着我,我用尽力气大喊了一声"啊",但并没有听到声音,于是我知道了,这些都发生在梦中,只要我动一动手脚,就能将自己从这恐惧之中解救出来。但我没有那样做,在梦里,我告诉自己,现实生活中没有死的勇气,在梦中还担心什么呢?摔落在地上的时候,我没有感受到疼痛,灵魂却出窍了,灵魂站在尸体旁边,像看一个陌生人一样看着我。周围迅速围过来很多人,大家对着脑袋鲜血直流、腿和胳膊折叠成奇怪姿势的我指指点点。肖月也来了,人群中的她露出了很诡异的笑容。

我当时是被那个笑容给惊醒的。

点这杯杨枝甘露的,是一个高中生。她打开门的时候,我看到了玄关处那个很大的有着七彩灯条照射的玻璃鱼缸,很多五颜六色的热带鱼在水草与氧气泡之间悠闲地游弋。同时也闻到了只有高级商场才有的那种高级的味道,像肖月上班的那个商场里的味道。

"小哥,请问,你们送一单能赚多少钱?"女孩接过饮料的时候,突然问道。

我平时很抵触别人这样的询问,因为一般得知数字的时候,他们的表情里会有一闪而过的不屑。我正想回绝的时候,她又解释了:"我没有其他意思,这不放暑假了嘛,我们语文老师让我们搞一个社会调查,我想调查外卖员。"

"这样啊,一般五六块钱。"我小声地说。

"我听说外卖员分很多种?"她问,之后又将门完全推开,补充了一句,"你进来吧,我还有很多问题想问,我会付你误工费的。"说完从旁边的鞋柜里拿出一副鞋套递给我。

女孩长得不是很好看，但青春阳光，重要的是，听我说完五六块钱的时候，她的脸上并没有出现那种不屑的神情。

"外卖员分为好几种：有一种是你去平台注册，简单的培训后平台会给你配电瓶车、衣服、头盔，给你买一天3块钱的意外险，当然，这钱从你的收益里扣，电瓶车也不是白送的，等你不干了，得把车买下来，在平台注册的好处在于订单会多一些；还有一种是专送，和某个商家签约，只配送他们家的外卖，一单的话，外卖员赚4块钱；还有一种就是像我这样的，自己注册，人在哪里，就抢附近的订单，相对自由……"

女孩问得很少，但我说得很多。我坐在那张乳白色的真皮沙发上，把很久以来积压在胸腔里的话都释放了出来。空调开得很足，我身上的汗水已经干了。我挪动了一下屁股，将与女孩之间的距离拉大了一点，我怕她闻到我身上的汗馊味。

茶几上有一个三层的水晶果盘，上两层放着提子、橙子等，最下层放着零食，巧克力、牛肉干、坚果。见我的目光始终盯着这个果盘，女孩说："你可以随便吃。"随后起身去厨房从那个四开门的大冰箱里拿来一瓶冰水。

我只是目光在那个果盘上而已，因为我在想，如果我能给肖月这样的生活，她就不会提出分手了吧？不知道那个男人是否能给她这样优渥的生活。

当我拧开那瓶小巧的外文包装的冰水时，随着嘀的一声，一个衣着讲究、化着很精致的妆容的女人进得门来，同时进来的还有一股甜腻的香水味。看到我的时候，她准备换鞋的动作顿住了："你是谁?!"一边说一边从包里掏出手机。

"妈，这是我请来的外卖员，我想咨询他一些情况，写调查作业用。"

女人的脸色并没有缓和,将站在我身边的女孩拉到了她身边,说:"多此一举,这些问题你上网搜一下不就行了?"

"那不一样。"女孩挣脱她的手。

"我走了,多有打扰。"我说,然后放下那瓶没来得及喝的冰水。

女人步步紧跟将我逼向门口,路过鱼缸时,有一条漂亮的小鱼隔着玻璃看着我,我停顿了一下,也看着它,有那么一瞬,我有一股想把这个鱼缸打破的冲动,来解救这些鱼,或者是杀死这些鱼。

女孩说:"等一下,我还没付给你钱呢!耽误了你不少送单的时间。"

女人赶在女孩之前,从包里拿出200块钱,插到我的上衣口袋里,面无表情地问:"够吗?"

我没有说话,平静地褪下鞋套,搓揉在掌心,跨出了那道门。女人迅速将我关在了门外,也将女孩的那句"谢谢"关在了门内。

我站在门口,听着里面熟悉而又陌生的说教:"胆子不小,谁让你随便放陌生人进来的……一个女孩子家一点安全意识都没有,我说过多少遍了。要不是我回来得及时,指不定会出什么事……"

我并没有做出把200块钱放在门口,然后冲里面大喊"狗眼看人低",然后拔腿就跑的举动,但是那一刻,我觉得心里有什么东西碎掉了。

七

花了两个小时才把遗书写好,原因是好几次写错字,一次笔漏墨弄脏纸,一次写得不美观从头再来。本来我还想单独写一封留给母亲,但是拿着笔,看着空白的纸,却连"妈妈"两个字都没有写下来,于是作罢。

我猜警察到时候会在纸篓里找到这几团揉皱的纸，然后发出这样的疑问：一个要寻死的人，还能这么精益求精，说明骨子里不是真的想死，当然，也说明是在乎别人目光的人。现在的年轻人，抗压能力太弱了……

我把遗书放在桌子中央，离开了家。

有人说"好死不如赖活着"，有人说"连死的勇气都有，怎么没有活下去的勇气"，还有人说"选择轻生的人都是不负责任而又懦弱的人"，也许说得都没错，但谁又能做到对那些人"感同身受"呢？我可以想象得到，我自杀这件事，会比那次撞人事件更能引起舆论哗然，网络上的那些人得知我还有一个母亲的时候，会给我扣上"不孝子"的帽子。然后记者可能会去采访母亲，母亲一定会声泪俱下地控诉我和父亲的罪——将她残忍地撇下了。

父亲是在钓鱼的时候触碰了高压线意外身亡的，那时候我5岁。父亲入殓的那天，母亲哭得可谓惊天动地，后来我才知道，母亲并不仅仅是对父亲的离世感到痛心，还对自己沉重的未来感到绝望。所以，我二年级的时候，她改嫁给了一个没有生育能力的离异男人。继父是一个非常木讷的人，几近哑巴那种，不知道是与生俱来的，还是与他不能生育有关。这也导致我和他的关系非常生疏，我甚至从来没有喊过他一声爸爸，但他也毫不在意。他有一个好处，无论母亲怎么对他发牢骚，甚至是骂他，他也一概平静地接受。他在我们家，就像是有形的空气，我揣测过很多次，他娶母亲的目的是什么？

我在寻找梦里肖月推我下去的那栋楼。我想，将梦里的事情拿到现实中来演练一遍，也未尝不可，这样就能打通现实和梦境的隐秘通道了。这个通道，或许就是我一直在寻找的迷宫出口。

找到那栋楼的时候，我没有立刻上去，而是坐在广场前的花台上，我想把口袋里的烟抽完，也有可能这是我潜意识中的借口，想延缓下时间。商场的玻璃外墙上，有两个"蜘蛛人"正在高空作业，我看着他们吊在绳索上，一点一点往下移动，想象着自己待会儿飞跃而下，他们可能是最先发现我的人。

不知道抽到第几根烟的时候，一个四五岁的男孩抱着一个皮球走过来，指着地上的烟头对我说："叔叔，不能随地扔垃圾哦。"然后怔怔地看着我，仿佛在等我捡起那些烟头。

我看着他黑溜溜的大眼睛和天真的表情，心里那股汹涌的情绪铺天盖地而来。我将烟头捡起来，塞进烟盒。低下头的那一刻，我一定是哭了，脸上湿漉漉的。

"叔叔，你想玩球吗？"他将那个软软的黄色皮球递到我手上，又说，"叔叔，我爸爸说，男人不可以随便掉眼泪的，即使疼，也不能哭哦。"

我的父亲有没有在我小时候告诉我这样的话，我已经不记得了，继父肯定是没有说过的，但我想起来，我曾经和肖月说过，如果我要是生了儿子，一定要教他做一个坚强的人。

我把球还给他，点了点头。他欢快地拍着皮球，嘴里小声地数着数，1、2、3……我掏出手机，拍了一张他的背影。

这时，高空中一个"蜘蛛人"挎包里的什么东西（玻璃擦？）正迅速坠落。我冲向男孩，抱住了他，紧接着什么东西砸向我的后脑勺，那股力量让我眩晕，我们一起倒在地上，男孩哭着喊："叔叔，叔叔……"

人群围过来。"快叫120。""流血了，不会出人命吧？"……能听到声音，不是梦境，我想。

天空之上，背景什么时候已经很蓝了，有一大片的白云在慢慢游移，中间有一个规则的空隙，像极了一扇门。

文字药房

一

如果那个男人知道他在邹莉的心里引起了多少猜想,一定会惊诧不已,因为他长相普通,头发花白,身材臃肿,着装还算干净得体,但无论如何都不会引起一个路人的注意。

他们每次相遇的时间是早晨的 8 点 40 分左右,他往南,邹莉往北,相遇的地点在环城公园和体育馆之间的那段约一千米的距离当中任何一个可能的地方。第一次相遇是一个雨天,他撑着一把印有某个银行标志的长柄黑伞,低着头,目光被手中的书锁住,因而走得很慢。

这样一个平庸的男人之所以吸引邹莉的注意,是因为他总是拿着一本书。书基本每天都不一样,邹莉是从书封的颜色、书本的厚度去辨认的。这让邹莉想到女儿苏芫。苏芫也是爱读书的人,从小就会利用一切空隙时间读书,包括走路和上厕所,那时候邹莉很担心,她会成为戴着厚眼镜片的书呆子。

这么久了,邹莉猜测男人从来没有注意过她,因为他要么在看书,要么神情专注地看着路的前方,目光深沉地思考着什么,行走在那条路上,是他的潜意识行为。

他是从事什么职业的呢？作家？教师？或者只是单纯爱读书？不管怎样，在这个手机成为人们身体一部分的时代，他这样的行为，也可以说他这样的人实属凤毛麟角。

邹莉已经很久没读书了，她现在对外界所有的一切都失去了热情，所以她想，如果她也像男人这样，在路途之中把自己丢在书本里，那么在她的思想得以放松的时候，那些见缝插针的难以名状的心脏处的钝痛，会不会减弱一些？就像她每天早晨下了地铁，踏上那段路程，会不由自主地猜测，今天他会看什么书？书封是什么颜色？他会穿什么衣服？他们擦肩而过的时间会精确到多少分多少秒？这些问题会占据邹莉的大脑十多分钟，让她顾不上想其他事，尤其是伤心的事。

有一次男人索性在公园前的一块石头上坐了下来看书，于是邹莉清楚地看到了那天他看的书是《荒原狼》。她很想上前去和他探讨一下每个人是否都是人性和狼性兼具，世界是不是本身就是现实和梦幻相交织的。她甚至构思好了搭讪的台词：你好，我也很喜欢黑塞的作品，尤其这部。

一个周五的早晨，邹莉没有在特定的时间和特定的地点和男人相遇，一颗小炸弹在她的想象力中爆炸，继而在她的内心撒下很多猜测的种子：他是生病了吗？还是因为夜晚看书太久，睡过头了？或者出差了？或者换工作了，不再走这条路了？想到这里，邹莉突然感到后悔，后悔没有早一些和这个男人建立联系，如果从此就再也见不到了，对她来说，是极大的损失，因为痛苦的生活当中，少了一些值得期待、转移注意力的东西。

二

时间过去了一周，那个男人都没有在那个时间点，出现在那一段赋予了邹莉意义的路上。正因为如此，邹莉的内心才有一个强烈的愿望，必须知道这个特立独行的不在乎别人眼光的男人，他是谁。

或许是邹莉的执念太过于强烈，第八天，天空阴沉的 8 点 36 分，在公园边一个编号为 176 的路灯边，他们相遇了。这天行走的时候他没有看书，但腋下夹着一本书，薄薄的，黑色的封面，识别不出是什么书。

邹莉发了一条信息给领导，请了一天病假。于是，她跟在他的身后开始了一段冒险刺激又令她期待万分的跟踪之旅。邹莉感觉体内还住着一个陌生的自己，毕竟为了满足好奇心去跟踪别人，这种过于疯狂的事情，与她的年纪以及一贯的处事风格极不相符。即使这样，她还是没有犹豫，因为与这个男人的这种相遇，让她感觉犹如一艘船撞上了一座岛屿，有些宿命的感觉，一定会发生一些难以预料但又值得期待的事，不管是对船来说，还是对岛屿来说。如果有一件事让他变成了今天这个样子，会是什么事呢？邹莉想，这应该是她接下来需要解密的事情。邹莉想：有没有人像我猜测他一样猜测我？是什么事让我变成了今天的样子呢？

邹莉不担心会被他发现，因为他根本不会回头看，即使回头看，也没关系，她也一样平庸，不会引起谁的注意。走完那段路，乘上地铁 5 号线，转 1 号线，再转 2 号线，最后，他在一个叫方塘的地方下了车。在地铁上的 50 多分钟里，他也一直在看书，别人看他的目光中带着质疑和探寻。但那时候的他，在邹莉的眼中像是老电影里戴着礼帽撑着手杖的英国绅士。

快下车的时候，他将那本黑色的书装进包里，邹莉才发现那本书叫《人是世上的大野鸡》。书名过于突兀，邹莉上网查了一下，知道了小说讲述的是一家人为了移民，女儿用肉体换取当局的公章的故事。荒唐而又现实。9 点 55 分，他的脚步终于引领着他们到达目的地——"文字药房"。

那是一个拥有两层小楼的书屋,或者说是小型图书馆也未尝不可。门外挂着小黑板,写着:

营业时间:10:00—18:00(全年无休)
如果中西医都治不了你的"病",不妨进来找文字药剂师,
抓一服文字服下。

这个地方邹莉没有来过,已经是市郊,旁边是一个刚规划的公园,围绕着一个叫方塘的小湖泊,周边很空旷,但绿化做得很好,不远处有小土坡起伏的草地,土坡上有一棵孤单的大树,靠近路边,开满了紫色的鸢尾花。更远处是生长到一半的高楼骨架,巨型的起吊机伸长了手臂,正指着"文字药房"。

邹莉一度怀疑这是个梦境,不管是她跟踪他的行为,还是这个叫"文字药房"的书屋。

她常常分不清梦境和现实,这几年更是常常被梦魇缠绕。

昨夜,她梦见15岁的苏芫去理发店剪头发,但四天了都没有回来。她去理发店寻找,几番打听才知道苏芫在理发店和一个叫阿飞的黄毛起了争执(原因是阿飞嫌理发20元太贵,苏芫为理发店打抱不平),苏芫的失踪很大可能与这个阿飞有关。她焦急地报警,将存有理发店监控录像的U盘递给警察。警察责备她,怎么能让一个还差几天才15岁的孩子一个人去理发店。那些警察不知道为什么突然间变成了消防员,而且接到通知,有一个工厂发生火灾,大家忙着出警,没有人再搭理邹莉。邹莉在梦里急得大哭,捶胸顿足骂自己,为什么让苏芫一个人去。但她听不到自己的哭声,于是她想,这可能是梦,如果这是梦就好了。这样想着,潜意识就努力让自己醒来,睁开眼睛,四周黑漆漆的,她花了好

一会儿才清醒过来，意识到自己躺在床上，看了下手机，时间为凌晨 1 点 24 分，苏芫没有失踪，这真的是个梦。

但是，梦醒来，却让她更加痛苦，因为现实比梦境更残酷，她的苏芫已经永远离开她了。

三

花瓶里的一朵玫瑰凋谢了，一片花瓣掉落下来，邹莉捡起它，用双手的拇指和食指将它像撕纸那样撕碎，然后放进嘴里，咀嚼了起来，有清香却很苦涩，但她还是将它咽下去了。

玫瑰是从哪里来的？邹莉在心中问自己。然后任由思绪飘荡——

同事送的生日礼物。

她不喜欢玫瑰。

喜欢郁金香和小雏菊。

苏芫去北京工作前，母亲节、生日、三八妇女节，都会买花送给自己。

苏芫的生日快到了，是否该去北京看她？

生苏芫的那天，她肚子疼了一夜。

刚出生的苏芫很瘦小，才不到 5 斤。

一个亲戚说，孩子体质很虚弱，不好养活，最好认一双干爸干妈。

她和老苏都是恢复高考后的第一代大学生，知识分子，认为这是无稽之谈，补充营养就好。

如果呢？如果当时听了亲戚的建议，苏芫的命运轨迹会不会被改写？

"我是因为什么想到这个问题的?"邹莉的目光再次回到玫瑰上。她时常会这样,思考任何一个问题,最终都会回到苏芫身上,她会问自己,为什么会想到这个问题,于是进行回溯,但往往那个源头都是毫不相关的,或许是一条虫子,或许是一道菜,或许是一杯水,或许是一句话,或许是那时的天气。

正在吃饭的老苏看着邹莉的行为,突然僵住了,然后放下碗筷,左手覆盖在邹莉的右手上,轻轻地拍了拍。邹莉在最细微的事情和最重大的事情上都很信任老苏,这个安慰的动作让她感觉温暖,像他掌心的温度。

"五一我们要不要来个短途旅行?邀上几个老朋友。"老苏问。

"单位现在很忙。"邹莉说。

"上次你不是说单位准备清理返聘人员吗?不如在这之前辞职好了。"

"你知道我又上班不是为了那一点工资的。"

老苏意识到自己说错了话,边收拾碗边说:"我只是不想让你太累。"

老苏洗好碗筷后,想和邹莉聊聊,如果她不想去旅游的话,他准备带她去看个心理咨询师,他已经事先沟通过了,那个心理咨询师让他带邹莉先去做一个评估。但他解下围裙从厨房出来的时候,邹莉已经将自己关在那个小房间里了,老苏站在门口,看着门上日式半帘右下方用楷体写的"芫花半落,松风晚清"愣怔了几秒钟,然后轻轻地叩了几下门。

门内毫无反应。

邹莉不想起身,因为开门不仅仅是开门,而且意味着还有交谈,还有倾听或者诉说,都是她现在惧怕的事情。她正在那张书桌前,强迫自己读一本叫《女孩们》的书,但仅仅是那个封面上橙红色的女孩的脸,以及腰封上的"在这个世界上,只是身为女孩,就会妨碍你相信自己"就让她的心疼痛不已。她翻开一页,那些方方正正的汉字却无法连贯成什么,她盯着那些汉字,发现那些汉字从书页上不停地溜走。她快速地将书插进书架中,闭上了眼睛。

邹莉从梦中醒来,才发现自己不知什么时候趴在书桌上睡着了,且置身于那个"文字药房"。那个男人正在将一些水果根据色彩和形状搭配成具有一定美学效果的艺术品,然后端着那个有点像古董的果盘放在邹莉面前的书桌上,又像变魔术一样递给了她一本书——《小王子》,然后轻飘飘地说了一句:"请慢用。"他的声音有点像阳光下睡饱后醒来的猫的咕噜声。

邹莉疑惑地问:"指水果还是书?"问出后她觉得自己的声音有些沙哑,像穿过树林的风,和男人的截然相反。

男人笑笑,没有回答。

"我们以前是不是在哪儿见过?"邹莉问。

男人一边整理书籍,一边说:"我们不是每天早晨都相遇吗?"

"你居然知道?"

"当然,第一次是2020年7月27日早晨的8点39分,天气很好,在公园前编号为176的路灯下,当时有一片梧桐树叶正好掉在你肩膀上,你还拿在手上将它带走了。"男人微笑着,显得胸有成竹。

"似乎有这么一回事,但我们第一次遇见不是下雨天吗?"邹莉有些糊涂。

"不是,在那个下雨天之前,你消失了差不多两个月。那两个月发生了什么事情对吗?因为你差不多瘦了一圈,白头发也更多了。"男人此刻的声音很温柔,像丝绸拂过脸庞。

邹莉觉得胸口像压了一块石头,又觉得自己置身水下,让她觉得呼吸困难,那两个月对她来说,就是人间地狱。此刻她仍然无法相信自己是怎么从那地狱里走出来的,不对,她现在仍然困于地狱,且永远无法逃脱。

邹莉揪住自己的领口,想要从这种窒息感中解脱出来。手触摸到脖子的时候,她才意识到,这仍然是在梦中,她强迫自己睁开眼睛。

真正清醒之后,邹莉仔细回忆着这个梦中梦。

她服下一片安定后,感觉到药物通过食道向她全身的血管蔓延,她甚至看到了那个过程,像电视里的药物广告,她轻轻地躺到那张单人床上。

四

顾修宇在群里发了一个子晗在床上读故事书的小视频,又说:爸,妈,快看看你们的外孙女可爱吧?真的太爱看书了。

邹莉捕捉到视频中一闪而过的床上方挂着的那幅顾修宇与苏芫的结婚照,心脏像被利器狠戳了一下,脑海中关于苏芫的各种影像在爆炸。

老苏回复了顾修宇:又是一个小学霸,这孩子结合了你和苏芫的优点。

顾修宇说:爸,妈,暑假我带子晗回来看你们。

老苏发了一个动态小人拍手叫好的图片,又说:那我提前准备好吃的,热烈欢迎子晗回家!

这句话让邹莉想起以前苏芫从北京回来前,老苏也会说:我明天就去把菜市场搬回来,热烈欢迎闺女回家!

老苏后来还是对邹莉说了去看心理咨询师的事。朋友说那个心理咨询师和一般人不一样,不论小时收费,他的方式很独特,具体去看就知道了。但是邹莉拒绝了。她拒绝看医生,是因为潜意识里,她在告诉自己,如果痛失女儿后,靠心理疏导来减轻痛苦,甚至走出来,就是对已逝的女儿的一种背叛，她不会允许自己这样做。她要痛着，真切地感受着这种痛彻心扉的感觉，以示她从未忘记。

在没有跟踪那个男人的情况下，邹莉又去了一次"文字药房"。上一次去，她只在书屋里待了十分钟，就被领导叫回去了，她没有和那个男人说话，当时他正在和另外两个员工一起打扫店里的卫生，整理书籍。邹莉进去的时候，他只是抬头看了她一眼，微笑了一下表示欢迎。

这次到的时候，是傍晚时分，男人正坐在吧台里认真看书。两个女员工在一处书架边小声地商讨着什么。书屋靠窗的圆形小书桌旁，两个穿着深蓝色校服的初中生面对面认真地看着两本相同的书。门口的童书区，一个年轻的母亲和四五岁的孩子正在挑选书，孩子声调稍微高了一些，母亲忙不迭地食指压唇，发出轻轻的"嘘"声。

邹莉在童书区找到了一本绘本版的《小王子》，薄薄的一本，装帧精美，封面上是一个戴着围巾的小男孩站在地球上的背影。邹莉沉浸在那色彩鲜明的绘本中，当时的她并不知道，在读这本书的时候，她的脑海里，什么都没有想。

后来她看到靠近吧台的一方淡绿色的背景墙上，有手写的本店规则：

1. 本店所有书免费借阅一个月。（如果你一个月还没能服用完一本书，说明这本书对你来说有副作用，请尽早停药；如有不良反应，也请尽快咨询文字药剂师。）

2. 本店所有书只出售给对的人。（如果你只是想买回它，装点你的书橱，让看到它的人称赞你的品位，那么很抱歉，本店拒售。）

3. 本店欢迎您捐赠旧书。（看清楚了，是旧书，被阅读过的书才有意义。书是中药材而不是西药片，仅仅是老了一点，不代表它就不能服用了。）

　　4. 本店欢迎真正爱书的志愿者。（你只需要在固定的时间，来给一些旧书消毒、分类。不要认为你的工作是在照顾书，你是在照顾人。）

　　5. 无论你在何时何地，只要看到一本书的年龄达到而立之年，一定要把它解救出来，哪怕赎金超出你的预期。如果你觉得它对你毫无用处，请拿到本店换取你需要的书或者钱。

　　6. 世上90%的问题，都能靠阅读解决，那些不被定义为病痛、不会被医生诊断出来的困扰也是。

　　真是一个不一样的书店，哦，不对，真是一个不一样的人。邹莉对这个发现感到很满意。她走到了柜台前，询问怎么办借书证。

　　男人打量了一下邹莉，拿出一张登记表，让邹莉填写个人信息。只是那登记表也和墙上的规则一样，非常独特，因为它除了姓名、性别、家庭住址、电话号码以外，还有三栏必填的提问，却不是诸如"年阅读量是多少？你最喜欢哪本书？你最喜欢哪个作家？"这样的问题，而是：现在最困扰你的是什么？你是怎么发现这个书店的？你的兴趣爱好是什么？

　　在回答这些问题的时候，邹莉犹豫了一小会儿。

　　男人说："只有问诊清楚了，我才能对症下药。"

　　"借书有限制吗？"

　　"当然，有些书适合全国人读，甚至全世界人，有些书适合一百个人读，有的书，可能只适合一个人读。"

　　"如果我并不想治愈呢？"

　　"但您是第二次来，这难道不足以说明，您的这句话不成立吗？"

　　最终，邹莉还是颤抖着手，在问题一的栏框里写下：永远失去女儿。在问题二的栏框里写下：跟着感觉来的。在问题三的栏框里写下：写诗（曾经）。

五

一日春风一日绿。那条被赋予某种意义的路上，梧桐树的叶片慢慢浓郁起来，蔷薇花开得热烈，洁白的槐花瓣飞雪一样往下落，路边一些不知名的植物早就不引人注意地长起来了。

邹莉拿着那本叫《疗愈失亲之痛》的书，注视着前方，等待着那个熟悉的人影从视线末端慢慢靠近。这本书是那天办了借书证之后，男人推荐给她的。她认真地将它读完了。书中没有宗教安慰，没有心理疗法，更没有道德说教，作者和邹莉一样，失去了女儿，然后用365篇简洁优美的文字，描绘自己的心路历程——深陷痛苦到接受无常，再到怀揣着与女儿的美好记忆继续前行。

那天填写完借书证信息的时候，男人就对邹莉说，可以试着再写诗，把思念、痛苦都化成文字，为自己的情绪增加一个宣泄口。但邹莉没有应允，是因为她觉得，文字是无法描述她心中那些具象感受的，而写的过程无疑又是一次次自我凌迟。

"文字药房"里的每一本书，是不是男人都读过呢？邹莉想，一定是的，不然他怎么能够给"患者"开出合适的"药方"呢？假如开错了"药"，即使毒不死人，有些人肯定也会耐不住药性，从而引发并发症，甚至留下后遗症。

昨晚邹莉读到很晚，但是她现在一点也不困，也不知道是什么在支撑着她。书看完后，她靠在床上，心中充满了陌生的宁静感。自从苏芫去世后，若想再次得到内心的宁静，邹莉觉得自己还有漫长的一段路要走，甚至，可能永远也不会得到它了。

这个早晨男人没有出现，邹莉沿着人行道上的盲道慢慢行走，猜测着他没有出现的原因，也开始构思再见面时，她想要探知的一些事，比如他叫什么，为什么要在路上看书，为什么要开那样一个绝无仅有的书店。

路过少年宫幼儿园的时候，邹莉看到一个年轻的妈妈和一个小女孩儿在挥手作别，小女孩儿背着粉色的凯特猫小书包，一颠一颠地跑向园内，年轻妈妈站在门口，温柔地目送，直到那个小身影消失不见，她才转身，走了两步又回了一次头。

恍惚之中，邹莉觉得那个小女孩儿就是苏芫，又觉得这个年轻妈妈是苏芫，心里翻涌起一股悲伤。于是苏芫的音容又浮上心头：她出生时候的样子；她喊邹莉妈妈时拖长的尾音和撒娇的样子；她结婚时候的样子；她生子晗时的样子；病魔将她折磨得骨瘦如柴的样子；她撒手人寰时那空洞的大眼睛渐渐失去光泽，身体慢慢变冷的样子……

她永远失去了女儿，而子晗，也永远失去了妈妈。邹莉心疼外孙女，那么可爱、不谙世事的小人儿，还没有理解死亡的真正含义，却被迫接受死亡带走她的妈妈。苏芫去世后躺在水晶棺中的时候，她还围绕着水晶棺，一脸天真地问邹莉："外婆，妈妈怎么睡这么久？"

她强迫自己不要再想了。她又将这突然涌现的悲痛转嫁给了那个男人，如果他今天出现了，邹莉可能就会忽略掉这对母女，也就不会有这一连串的联想了。

她又翻开了手中的《疗愈失亲之痛》，很快，她的思绪就被文字牵引到书中去了。当时的她还没有意识到，书本是她目前找到的第一个足以吸收她悲伤的东西。

再次去"文字药房"，邹莉带去了十几本书，都是苏芫读过的书——《叶芝诗集》《沙与沫》《在我坟上起舞》《纳尔齐斯与歌尔德蒙》等等。她想，这些书放在男人那儿，终有一日会成为谁的解药，那么对于这些书来说，对于苏芫来说，都是最好的存在方式。

刚踏进"文字药房"，邹莉就看到了坐在玻璃窗边的老苏正和男人在交谈，很熟络的样子。"你怎么在这？"邹莉问。

老苏回头，惊讶地看着邹莉："你怎么来了？你不是说不来看吗？"

邹莉这时候才反应过来，老苏口中所说的心理咨询师就是这个男人。男人面色平静地看着邹莉，一副洞悉一切的样子，然后慢悠悠地开口，语调像极了那天在她梦中的样子："看完了？来复诊？"

邹莉坐到老苏身旁："嗯，看完了。"并将书从包中拿出。

老苏拿过书，注视着书名好一会儿没挪开目光。男人这时候将书抽了过去，站起身来，一边翻动着书，一边说："你的症状和她的不一样，药方也不一样。"

这句话敲醒了邹莉。并不是只有她才需要被治愈，看上去坚强的老苏也是。邹莉从前是个文学青年，喜欢写诗，大学的时候还在文学社团担任过副社长，后来也参加过诗社。即使后来因为工作、生活和家庭搁笔，她也保持着一个诗人的敏感，以及敏锐的洞察力和观察力，她对外界所有的一切的感受都格外深刻，尤其是对伤痛。这也是她为什么不养宠物，她非常爱狗，但她害怕它们丢失或死亡，她觉得自己无法承受那种痛苦。苏芫病重的时候，让顾修宇去给邹莉买一条狗，邹莉拒绝了，尤其是懂得了苏芫的用意，她怎么可能会接受？那不就是变相承认，即将失去唯一的女儿苏芫？

苏芫生病后，邹莉的眼泪不知道流了多少，但老苏一直都很冷静，那两年，他一直在为苏芫高昂的医药费奔波，似乎无暇停下来伤心。同样是失去女儿，她一直以为她比老苏更伤心，因为她的感受力。现在细究一下，邹莉知道了老苏的伤心难过并不比她少，因为他比邹莉更疼爱苏芫，用当下年轻人的话来说，他就是一个女儿奴。苏芫读书的时候成绩下降，或者犯什么小错误，邹莉就喜欢唠叨、责备她，而老苏那时候就会制止邹莉，甚至责怪邹莉话太多，小题大做。他曾经说过，一个男人，疼爱老婆和孩子，是一种美好的品质。现在想想，他只是不轻易将内心的情感表露出来，结婚 38 年了，邹莉只见他哭过一次，就是在苏芫的遗体即将火化的那一刻。

邹莉看着老苏，心里涌上一股酸涩。这股酸涩的来源是她忽略了老苏的感受，她牵起老苏的一只手，轻轻地抚摸着，什么话也没有说，但老苏显然是感受到了，另一只手拍了拍邹莉的背。

男人走到一处书架前停下来，看着那些书若有所思，最后缓缓地抽出一本书，又抽出另一本书，折返到他们跟前，递给老苏的一本叫《生命中的诸多告别》，递给邹莉的那本叫《悲伤的力量》，并对邹莉说："这一本看完了可以给他看。"

"谢谢。"邹莉抚了抚书封，这本书很旧了，也说明被很多个和邹莉经历相似的人阅读过。邹莉想象着那些人是失去了谁，父母？爱人？孩子？朋友？应该都有吧？在那一刻她感到欣慰，因为她不孤独，但又有些难受，因为那么多人和她一样，遭受过丧失之痛。

"您怎么想起来开这样一个书店的？很难支撑下去吧？毕竟收益很少。"邹莉看着男人，又环顾了一下书店说。这时候她才发现，书店里除了书柜是统一的，桌椅板凳以及角落里的小沙发，都是形色各异，完全不配套，好像是从二手市场淘来的东西。但莫名地，书店里的氛围给人很温馨的感觉，有点家的意味，与大型书店或图书馆的刻意的文艺范，或者古板的商业气息截然不同。在这里，完全没有拘谨的感觉，这大概也便于"患者"向男人打开心扉，从而得到最好的"治疗"。

邹莉的问题，男人并没有回答，正好有一个女孩儿满面憔悴地进来，有些无措，男人也就借故离开了。

他走后，老苏说："介绍他给我的朋友说，他至今是单身，有可能年轻的时候受过情伤，以前是某个大医院的心理医生，不知道因为什么辞职了。"

邹莉心里想，是呀，一定是经历过什么的。在我们看不到的每个人的内心，都有各种各样的伤痕。扭头看看，男人和那个女孩在轻声交谈。

过了一会儿，男人又走过来，给老苏和邹莉的纸杯里续了水。

"给她开了什么'药方'？"邹莉问。

"《失眠症漫记》。"

"她失眠吗？"

"不是，失恋。"

六

男人带着邹莉去了吧台后的一个小隔间，看着小隔间的布局和色调，邹莉才有意识地将他和心理咨询师的身份联系到一起——有淡淡的檀香味溜进鼻腔，暖黄的灯光，米黄色的窗帘，墙纸也是，一个小小的几何形茶几，两把小碎花的布艺椅子，茶几上水墨绿的细颈花瓶里有三朵半开的淡绿色的洋桔梗。

男人为邹莉拖开了椅子。

邹莉刚接触椅子，就有了倾诉的欲望。

男人将邹莉带来的那些书简略翻过之后，目光停留在书上，幽幽地说："非常感谢。可以看出，她是个很有想法的孩子，能和我说说她的故事吗？"

邹莉没想到男人会提出这个要求，她不确定男人是以一个图书管理员的身份单纯地想知道这些书的原主人的故事，还是以心理咨询师的身份想去解开她心中那个最死的结。虽然这两个身份之间，并没有明显界限，甚至无法分界。

但邹莉并没有犹豫太久,就点了点头。苏芫去世大半年了,邹莉太需要找一个人倾诉,但身边的亲戚朋友不适合当作倾诉对象,他们对于邹莉的痛苦都无法感同身受,甚至那些同情掺杂了多少水分,也不得而知。老苏也不适合,苏芫去世后他们默契地很少提起她,生怕轻轻一触碰心中的伤口就鲜血淋漓。

苏芫是一个优秀的女孩,名牌大学研究生毕业,在北京有一份很令人羡慕的工作。和研究生同学结婚,在北京买了房,生了一个可爱的女儿,夫妻恩爱,家庭幸福美满。但三年前,因为腰痛难耐而入院检查,检查后只知道是癌细胞扩散引起的,但辗转了多个医院,都查不出病灶。查出来是肺腺癌,已是三个多月后,根本无法手术。于是开始了痛苦而绝望的抗癌生涯,各种检查和治疗,服用几万一瓶的进口靶向药,最终都没能留住那个35岁的年轻生命。她在治疗期间,无论多痛苦,一直积极面对,从未哭过,反而常常安慰邹莉。

"你知道吗?她有一次对我女婿说,她走后,一定要他为我外孙女再找个好的后妈。我女婿发誓说他这一生只有她一个妻子,他不会再娶,会一个人好好把孩子养大。那时候我多么希望有神,把我的生命延续给她,我的孩子,她真的是太可怜了……她离去前的一天,我们说了一会儿话,她说,下辈子,她还来做我的女儿,但一定会陪我一辈子……"

男人只是听着,任由邹莉在这温馨的空间里,将苏芫的形象立体化,呈现在他的面前。

邹莉哽咽着,小茶几上一小堆被泪水浸湿的面巾纸,见证了她的悲伤。渐渐平静下来的邹莉看着男人的眼睛,问:"你说世上怎么会有这么让人痛苦的事情?我真的觉得我的心碎成了无数片,这辈子都无法复原了。"

"如果我有能力,将你的这些痛苦的记忆删除掉,你愿意吗?"男人平静地问，又补了一句，"现在不要回答，下次来告诉我。"

这个男人会不会真的不是寻常人呢？他能删除记忆？像神那样？走出那个小小的房间前，邹莉才发现墙上挂着一幅字，用隶书写的——度人亦自度。

其实，邹莉在踏出房间后，就已经知道了内心深处的答案。是啊，为什么要删除呢？不管是幸福的还是痛苦的，那些都是将她和苏芫紧密联系在一起的证明，即使那些已经成为过去，但只要她好好地保存着那些记忆，时间的一维性就无法限制她。

男人又邀请老苏去聊聊，老苏进去之前竟有些不好意思，看邹莉的眼神有些躲闪。邹莉笑着对他说："去吧，他真的是个很好的心理咨询师。"

她想，等顾修宇暑假回来，一定也要带他来这里。虽然她很感激顾修宇那么爱苏芫，但爱本身，不该那么痛苦，他还年轻，子晗还小，他们家需要一个女主人。

等老苏的空当，邹莉将书店内的书大致地浏览了一遍。这里的书的分类和其他书店、图书馆不同，并非按古代、现代、国家，或者新旧进行区分，而是按内在的"药性"区分，比如"悲剧结局，以毒攻毒"区，比如"结局圆满，不需要思考"区，比如"童话故事，更适合成人"区，又比如邹莉看完的那本《疗愈失亲之痛》，就放在"生命无常，但爱常在"的区域，标识牌是一块木板，上面的字迹是开朗的明黄色。同在这个区域的书还有《另一种选择》《次第花开》《十分钟冥想》《安慰之光》等等。都是疗愈丧失之痛的书，即使不翻开，邹莉也知道。

七

　　读了男人推荐给她的 12 本书，和男人深度交谈五次后，邹莉就没有再在那条路上遇见男人了。邹莉想，这一切会不会仍然是她的幻觉，像她经常做的梦一样。但枕边的书以及老苏都让她清醒，这不是梦。

　　晚上，邹莉和老苏一起躺在床上，翻看着相册，相册里的照片见证了苏芫的成长过程。老苏慢慢地翻着，回忆着和那些照片有关的背景故事。邹莉附和着，补充着她对那些照片的记忆，将往事复原。看着苏芫 10 岁生日时那张满脸蛋糕奶油大哭的照片，两人在重温当时的情景的时候，久违的笑声荡漾在屋子里。意识到自己和老苏在笑的时候，邹莉的心里有一种轻盈的感觉，感觉压在她心头上的那块石头，不经意间被谁搬走了。

　　邹莉突然想到一句话，不记得在哪一本书中看到的（或许是男人开的"药方"里的）：我们每个人都保存了时间，保存了那些离我们而去的人旧时的模样。说得多好，她几乎要为这句话贡献眼泪。

　　邹莉又做梦了，起先是一座暗黑的森林，布满荆棘，树木都是黑色的，树干树枝形状扭曲，不见一片绿叶，更别说花朵。苏芫穿着一件白色的连衣裙，那件白裙子是邹莉给她买的，款式简洁但剪裁特别合体，苏芫光着脚穿行在森林中。邹莉在她的身后大声地呼喊，但声音在冲出口中那一刻被风吹走了："不要往前了，太危险！"但苏芫完全没有听见，一直走，没有回头。突然又下起雪，邹莉心里很焦急，但她无论怎么用尽全力呼喊，都是无声的，苏芫也就没有回头。邹莉在后面追，却感觉双腿被地下的魔爪拽住了，怎么也跑不快。过了好久，邹莉看见苏芫前方的森林之中，有耀眼的金色光芒穿透过来，照在她身上，她像极了一个刚下凡的仙女。邹莉没再呼喊，跟在苏芫身后，到达了一片绿草茵茵的草地，草地上有清澈的溪流，有悠闲吃草的牛羊，还有一个很逼真、很好看的稻草人。这时，苏芫转过身来，笑容很甜美，露出好看的酒窝，她的怀中还抱着一条小狗，她将小狗递给邹莉，温柔地说："妈，好好照顾它哦，我会回来检查的。"邹莉接过小狗，注视着小狗的眼睛，摸了摸它柔软的身体，答道："好的，闺女。"

睡梦中，之前气息不稳、面容纠结的邹莉此刻慢慢平静下来，在她的枕边，放着那本睡前刚读完的《知死方生》。

邹莉不知道，此时老苏的梦中也出现了苏芫，他正和小时候的苏芫在草地上放风筝，风筝是条大鱼，飞得很高，苏芫在草地上奔跑，拍着手大叫："老爸真棒！"后来，他又梦到在苏芫的病床前和她告别。苏芫坐起来抱着他说："老爸，我走了，你要好好照顾自己和我妈哦，那些工程就不要再接了，还有，你不要再贪烟酒了，浓茶也是。"老苏忙不迭地点头，笑着拍了拍苏芫的后背。现实中，老苏并没有来得及见苏芫最后一面，苏芫走的那天，他还在新疆，作为教师退休的他，为了苏芫高昂的医药费，和朋友合伙在新疆承包小工程。得知苏芫病危，他慌忙往北京赶，但还是没来得及。

第一次在那个小房间里，老苏就流着泪，向男人说出了他的一生之痛。他说，他无法原谅自己，他常常想象着苏芫闭上眼睛的那一刻，而他不在身边，就恨不得抽自己耳光。男人说："生命本身就是一场场告别，告别的形式有很多种，而有些告别，是不需要面对面说出来的，就像并非人与人之间才能做朋友，也并非需要见过面才能当朋友，有些良师益友甚至不存在，比如我们和那些书之间。你在心里完成过那场仪式，就够了。"

邹莉和老苏将上百本苏芫曾经看过的书送去了"文字药房"，并把"不愿删除"这个答案告诉了男人。他显得很平静，又像那次一样，一副先知的模样。邹莉想，所有人都不会愿意删除记忆吧？不管是怎样的记忆,都是我们人生的一部分,少了,人生就不完整了。

邹莉再次看着那个"度人亦自度"的字画,问男人:"您自度了吗?"

"您是第一个问这个问题的人。"男人也将视线爬到墙上,看着那幅字画。

邹莉知道这个问题有些唐突,随即转移话题:"第一次见面就想问您的,为什么会开这样一个书店呢?说真的,这太神奇了,我常常怀疑您和这个书店是存在于我的梦境中的。我想,像您这个书店,应该前无古人吧?"

男人说了句"稍等"就出去了,少顷回来,手里拿着一本书,将它推到邹莉的面前。还没等邹莉发出疑问,男人就说:"但理念来源于它。"

邹莉拿起这本叫《小小巴黎书店》的书,问:"它讲了什么故事?"

"一个男人,受过一段情伤,独自守着一个水上书船,自称'文学药剂师',他以书为药,相信只有文学能治愈人心。可是21年后,他才发现,当初的恋人离去,并不是因为不爱他,而是得了绝症,所以他带着一船书,从巴黎前往普罗旺斯。"男人说完,面色深沉,眼中没有泪,但邹莉感受到了悲伤。

"感谢您将书中的理想现实化。"邹莉很真诚地说。她心中还有一些疑问,是不是像老苏所说的那样,男人也和书中的那个巴黎男人一样,受过情伤,所以他才要自度。但是她不想问了,因为这不重要,就像她到现在都不知道男人姓甚名谁,但都不影响她对这个男人的敬仰和感谢。

当询问治疗费用的时候,男人却说:"你们的伤痛虽深,但由于对'药'的吸收比一般人都要好,我的心理咨询师的身份在你们的治疗当中,并没有起到大的作用,所以,就不收费了。"男人最后又说,"当然，欢迎你们日后继续捐赠旧书。"

邹莉说："会的。而且我希望能加入志愿者队伍。"

"非常欢迎。"男人伸出手，邹莉也伸手握了一下。这是他们第一次握手，但邹莉从他的掌心感受到了一些熟悉的东西。

"另外，我听您的，试着再次拾起写诗的笔，我想为女儿写一本诗集。"邹莉腼腆地笑了笑，像一个青涩的文学青年。

"很好呀，等诗集出来，在这里开一个发布会，如果您愿意的话，也可以分享一下您的经历。"

"好。"邹莉回答得很干脆。

邹莉在书店又逗留了很久，她刻意地去寻找上次带来的苏芫的那些书，发现它们都被编了号，贴了条码，融入那些和它们气息相同的书中了。她拿出那本《沙与沫》，摸了摸扉页上苏芫用蝇头小楷写的"苏芫2001年冬购"，字迹和书页上时间的痕迹，模糊而又清晰。

她坐在书店一角的软凳上，开始阅读这本书。她和女儿虽然阴阳两隔，却在纸上相逢，她们的目光，都温柔地抚摸过这本书中的文字。她闻了闻那本书的味道，酸涩但又幸福的泪水涌了上来。她突然觉得，什么事都有可能发生，就好像苏芫打破了时间和空间的限制，透过这些她曾经阅读过的文字回到人间。

离开的时候下起了小雨，她回头看了看，在雨雾中，"文字药房"遗世独立，若隐若现，仿佛虚幻。

A 或非 A

一

老布和小 A 是在歌曲 *Forever Now* 的评论区里相遇的，颇有戏剧性。小 A 评论说：我要在葬礼上播放这首歌。用户名是"A 或非 A"评论的点赞有 900 多个，回复有 40 多人，但小 A 并没有再回复他们。

作为一个已近知天命的男人，老布非常有共情力，无论是动态的视频，还是静态的文字，但凡涉及一些感人的场面或描写，他都会看得眼眶发热。有人说，从他的面貌上，就可以看出他柔和的脾性——圆乎乎的脸，短脖子，白皮肤，鼻子有点塌，身高不到 1 米 7，却有着无论是中年男人还是中年女人都为之羡慕的又黑又浓密的头发，最富有特点的还是他那双长得有点女相的眼睛，笑起来的时候眼尾微微上扬，让那几道鱼尾纹像蝴蝶振翅。小的时候，母亲和几个长辈都说他：长着一双桃花眼，以后要欠女人债。除此之外，他的口头禅"你说对吧？"也间接说明他是一个随和且尊重他人的人。

老布本姓石，两年前他将自己网络上的所有用户名和昵称，都从"顽石"改成了"老布"，头像也统一成一块皱巴巴的蓝印花布上搁着一块鹅卵石。还在个人简介里写下：开始是石头，最后是老布，中间最好不要提起。

小 A 的这条评论，让老布觉得自己可能找到了目标。他点击小 A 的头像，进了个人主页，发现小 A 的头像是一朵插在白瓷瓶里的小雏菊，照片是黑白的。个人主页的背景图是一张高清的月球，月球表面布满大大小小圆形的月坑，照片留白的大部分地方黑乎乎的，是没有星光的宇宙。主页那里除了 IP 属地显示在安徽，其他什么也没有，动态为零，无收藏歌单，性别、年龄、生日都没有填，连喜欢的歌曲、累计听歌也都设置了他人不可见。

头像和背景图，透露出来的都是压抑和孤独的情绪，有点遗世独立，像一朵高岭之花，老布猜测小 A 是个女生，而且是个年轻的女生。

老布回复小 A 的评论，用的是一种唱反调的心态：我要在婚礼上播放这首歌。

小 A 回复老布已经是在一个多月以后，与其说是回复他，倒不如说是揭穿他：你至少在三首歌的后面写了这样的评论，请问你准备结几次婚？

老布这辈子只结过一次婚，和商丽。商丽是他的高中同学，也是他的初恋。

想到商丽，老布觉得自己的回复，以及和小 A 套近乎的行为都过于轻佻了，他在心里说了一声"对不起"，也不知道是对商丽说，还是对小 A 说。

他给小 A 发私信，说那个评论确实只是为了让她回复自己而已，然后把这个来自冰岛的 Bang Gang 乐队夸了一番，表示自己确实是他们的粉丝。为了让小 A 相信，他还详细说了乐队的人员组成，说喜欢首脑人物 Bardi Johannsson 的阴郁王子气息，2018 年 6 月乐队来中国巡演，他去上海亲临了现场。

和老布预想的一样，这个话题抛出去之后，小 A 很快就回复了：他们是 2018 年 7 月来的中国。

老布：哦，我记错了。上海的巡演你去了吗？

小 A 不回。

老布：如果你也去了，说不定我们见过哎，你说对吧？

小 A 还是不回。

老布知道她是不想谈这个话题，也就顺了她的意，但他还不想结束谈话：如果方便的话，能告诉我"A 或非 A"的意思吗？

老布：还是说，你是一个认同非黑即白的人？

小 A："A"是"生"。

老布：我以后就叫你小 A 吧。

小 A 不回，他当她默认。

老布看到这个答案，并没有感到多惊讶，他基本已经猜到了。生或者非生，即生或死，小 A 正迷茫地站在悬崖边，在她的身后，需要有一个人将她带离危险之地。

老布希望自己能成为给小 A 掌灯的人，哪怕只是微光。

老布说：虽然生和死是矛盾的，不存在不生不死，既生又死，但是怎么"生"，是有其他选项的，你说对吧？

小 A 却说：有些人的"生"，并没有其他选项。

二

老布从县城来到省城，当网约车司机已经一年半了。昨天晚上 9 点多，他接到一个大单，是从机场接一个乘客送去老家县城，路过他曾经住了 15 年、在县城算得上"老人"的小区。虽然看不真切，但他还是远远地就把目光递到了那个方位，虚虚地看到了一些被窗户切割得方方正正的灯光。即使只那么一眼，那些灯光也映在了他的瞳孔里，在他的眼里变得越来越大，越来越缥缈，最后变成模糊的一团，几乎遮蔽了他所有的视线，之后仿佛又形成一个巨大的白色旋涡，黑洞一样要把他吸附进去。

为了逃离那具有魔力的灯光，安全驾驶，他正了正身体，挺直了腰背，像是自言自语，又像是问那个斯文的男乘客："听首歌吧？"

男乘客大概有些口渴，"嗯"字从他的喉咙里出来的时候，像遭到了击打，一截在喉咙里，逃出来的那一截破碎不堪。

老布从后视镜里瞥了一眼男乘客，又不自觉地清了清嗓子，打开了音乐播放器——

> You can see her in the distance
> （你看见她在远方）
> Where she walks alone
> （独自一人彷徨）
> Then you follow her direction
> （于是你朝着她的方向）
> To your second home
> （去往你的第二故乡）
> ……

是秋天，不然不会有那么明亮的月光。他牵着商丽的手，走在长长的只能容三人并肩行走的工商巷里，两边是一人多高的围墙，围墙顶端长着一些小蕨类和蒿草，下面布满青苔。巷子幽深，又有月光充当催化剂，老布的心里毛茸茸的，觉得此情此景如果不做些什么，就辜负了月光，于是他顿住身体，右手顺势扯了一下商丽的胳膊，商丽惊呼了一下，踩到了他的脚，人已经被带入怀里。他有力的双臂紧紧地箍住那具柔软的身体，又借着月光去寻找那更柔软的嘴唇。

商丽在他的怀里像受了惊的小兽，瑟瑟发抖。

良久，商丽把头靠在他的肩上，问："我们现在怎么办？"

他说："我这辈子认定你了，我会一直求到你爸妈同意为止。"

商丽说："我爸还好，就是我妈，她不会同意的，她一直催我和她同事儿子见面，说那人有铁饭碗，也是城镇户口。"

他看着天空中那轮月亮说："我对着月亮发誓，我虽然没有这些，但以后一定会让你过上好日子，不会让你后悔跟了我。"

"能再听一遍这首歌吗？"歌曲已到尾声，男乘客突然说，将老布的思绪从时间的甬道中拉了回来。

"啊，好，你也喜欢这首歌啊？缘分呀，你说是吧？"老布说。

"第一次听，挺好听的。"

"你英文真好。"

"并不是因为听懂歌词才觉得好听。"

商丽也说过类似的话。老布知道这首歌，也是因为商丽。那时候商丽在朋友圈分享了这首歌，并说：单曲循环第43遍，不看歌词还是听不懂，但并不妨碍我喜欢。

那时候的老布其实并不关注商丽的动态，也可以说是不关注商丽这个人。是敏儿躺在老布的怀里醋溜溜地说，没想到你老婆还是个挺有格调的人，听的歌还小众得很。随后打开了那首歌的链接。听完那首歌，老布并没有发表什么意见，对商丽也好，对那首歌也好。但他在心里，还是对商丽听43遍这首歌感到不可理解。况且还是一首英文歌，不是20世纪80年代的粤语老情歌。但是后来，当他翻看商丽的朋友圈，看到那一条条只对她自己开放的充满情绪的朋友圈，再次听这首歌的时候，他哭得一塌糊涂，仿佛把积攒了半辈子的眼泪都哭出来了。也是那天，他对商丽产生了前所未有的愧疚。

接下来一直到男乘客下车，他们都没有说话，只专注于歌曲本身，并让自己的情绪流动于狭小的车厢之中。老布知道男乘客是来出差的，除此之外，一无所知，但因为这首歌，他突然觉得，男乘客和自己是一类人。像有些人，虽然只是惊鸿一瞥，但你就知道他有很多故事，但你也知道，那些故事，他从不与人说。这个男乘客是，他自己是，商丽是，小 A 也是。

将小 A 升级为微信好友，没有花太多时间——三天不到，老布有点得意，认为是自己的真诚打动了对生活失去激情的小 A，只要她愿意和别人交流，那么将她带离悬崖就有希望。

老布给小 A 发信息，给她推荐了一个叫"心理岛"的微信公众号。

老布：小 A，你有时间的时候看看这个公众号里的文章，我关注这个公众号两年了，真的是个很不错的号，运营者很用心。我喜欢上 *Forever Now*，喜欢上 Bang Gang 乐队，也是因为制作者在某篇文章里插入了这首歌曲。

这是个个人账号，运营者是个心理咨询师，公众号里的文章有对心理咨询师这个行业的路径观察，有对一些重要心理学家的杰出贡献的梳理，有对抑郁症的一些客观分析，有让人们重视并善待身边患有抑郁症的人的呼吁，有国内外关于对抗抑郁症的纪录片，也有抑郁症康复病例的经历叙述，占比最多的还是教抑郁症患者如何摆脱消极情绪的控制。虽然大部分文章的阅读量未超过 500，但运营者始终在更新，坚持一周至少更新一次。老布觉得在这个小视频崛起的时代，这个心理咨询师还能坚守在文字领域，实属难得。但公众号关闭了留言功能，不知道心理咨询师是没时间回复别人，还是不想回复，毕竟他们的回复本身也是咨询的一部分，是有偿的。

小 A 发来了三连问：你确定？你确定是从这个号知道这首歌的？什么时候？

老布：嗯，也有两年了吧。

小 A 发了一个冷笑的表情：你认为我有心理疾病，还是抑郁症？

老布：别误会，我只是单纯想要和你分享一下而已。

老布这才觉得自己操之过急了，小 A 是那种较为敏感且很有个性的人，或者说像小 A 这类人，防御性很强，没那么容易接受别人的安排。他们现在连朋友或许都算不上，小 A 还没有向他透露一点关于个人的信息，他怎么能这么快就开始行动？拯救一个站在悬崖边的人，沟通交流的方式需要更加小心翼翼，不然可能适得其反。

小 A 大概还是看了公众号里的文章，后来她对老布说：你不觉得这个心理咨询师自己的心理也有问题吗？

老布：我觉得心理咨询师之所以能成为心理咨询师，是因为他们有着比常人更坚强的心，也可以说他们更懂得怎么释放自己的压力，保持心理健康，才能"百毒不侵"，不受患者的影响，你说是吧？

小 A：就像医生也会生病，心理咨询师为什么就不能有心理疾病？

老布：你看这个公众号更新的文章，先不说那些看起来很难懂的文章，就看那些他（她）写的抑郁症患者的经历，就可以知道他（她）很专业，治愈抑郁症患者的成功案例那么多，他（她）自己肯定是个心理健康的人呀，不然他（她）怎么能治愈别人呢？你说是吧？

小 A：你连他的性别都没搞清楚，又怎么能仅凭一些会欺骗人的文字判定一个人呢？

老布：哎，不是这样的。不过我倒是更好奇，你怎么会那么肯定这个人心理有问题呢？

小 A：不是肯定这个人心理有问题，而是现在这个社会，有认知障碍、社交障碍、恐惧症、失语症、失眠症、狂躁症、边缘性人格、回避型人格……或许还存在一些没有被命名的心理疾病，有几个人心理完全健康？你？

老布想，小 A 果然对这些心理障碍了解得够清楚，这也间接说明了她的心理问题。但他不想把这个话题转到自己身上来，经历了那场变故后，表面上他和从前并无二致，但实际上一直身处沼泽之中，愧疚感像铅块一样拴在他的脚上，拉着他一点点下沉，他有意将忙碌和疲惫当作救命的稻草，挣扎了两年。但他并不想和别人探讨这个话题，他还没有做好把自己的内心打开，袒露给另一个人看的准备。

况且，他的目的是救人，而不是自救。

见老布不回答，小 A 又问：既然你这么肯定我有抑郁症，那如果是真的，你准备怎么办？

今天的小 A 咄咄逼人，使用的全是具有攻击性的反问句。

三

We listen to the silence streaming
（我们听着寂静在流淌）
Memories they take us back
（记忆将我们带回过往）
To the day we met
（到我们相遇的那一天）
Where we ran with kissing
（那时我们亲吻奔跑）
Will we ever have this feeling again
（这种感觉我们能否再次拥抱）

结束最后一单回到家，老布瘫在沙发上，像一个被抽走力气的软体动物。

翻朋友圈的时候，他看到在上海工作的儿子刚发了一张晚饭的照片，一条蒸鲈鱼，一个蒜泥苋菜，一个拍黄瓜，两个饭碗、两双筷子，并配文字：加班，才吃上晚饭，手艺得到了丫丫的称赞，不会做饭的摄影师不是好策划师。

他在下面评论：手艺不错，这是不是有些遗传因素在里面呢？虽然他知道儿子是不会回复他的。

他闭上眼睛，极力放空自己的思想，想象自己是一片羽毛，正被一阵风裹挟着飘到云层中，半梦半醒之间，那些被他按在水底下的往事，皮球一样，随着他意识的放松，蹿出了水面。

天空阴沉沉的，像商丽父亲的脸，他坐在客厅的太师椅上，完全不搭理站在他面前卑躬屈膝敬烟的老布。卧室里，商丽像猫儿呜咽的哭声传出来，传出来的还有商丽母亲高亢的嗓音："你一个吃商品粮的，找一个父母都不在了的农村人，后悔的日子还在后头……"

门被推开，撞了墙角，回弹了一下，商丽母亲垮着脸走出来，跟在她身后的是穿着一身红色套裙、脸上梨花带雨的商丽。商丽一步一步往外走，哀怨地看了眼老布，眼神中仿佛在说和他结婚的代价太沉重了，她一个人无法承受。老布读懂了商丽的眼神，他走过去，拉住商丽的手，看着商丽的眼睛，话却是对商丽的父母说的："爸妈你们放心，我发誓，一定不会亏待商丽的。"

商丽母亲说："嘴不厌，颠来倒去就知道说这些话。"然后又看着商丽朝门外挥了挥手，"你们走吧，算我白养了这个没良心的，不知道被灌了什么迷魂汤。"

老布说："爸，妈，那我们走了。"然后牵着商丽往外走，商丽不敢走，看着父亲。院门口，已经聚集了好几个闻声而来的邻居，正在窃窃私语。

商丽父亲深深地叹了一口气，冲隔壁在写作业的儿子说："背你姐出门。"

没有喜宴，没有嫁妆，没有聘礼，商丽趴在弟弟瘦弱的脊背上，任由泪水洒落。

新婚夜，眼睛已经红肿的商丽说："为了嫁给你，我连自己的爸妈都不要了，我是个不孝女。"老布抚着她的背说："你哪有不要他们？也没有能斩断的亲情。放心吧，你爸妈只是一时接受不了，以后会原谅你的。我也会用行动告诉他们，你没有嫁错人。"

商丽看了一眼家徒四壁的屋子，说："但愿吧。"然后叹了一口气。

那口气仿佛穿越了几十年的光景，叹息在老布的耳边，他睁开眼睛，茫然地看着屋顶。当年的这些细节，后来都被忙碌的生活埋藏了，可是现在，那些场景那么清晰，尤其是商丽被弟弟背出家门，因为不敢面对邻居们的目光，挂着泪的脸埋在弟弟的背上那一幕，高倍率显现在老布眼前。这时候他才意识到，即使后来商丽的父母真的像他说的那样，原谅了他们，甚至给商丽补买了嫁妆，但是结婚当天的情景，一定成了商丽心底永远的暗伤。

她一直排斥说自己结婚的事情，即使儿子问，她也说，没什么好说的。她也很少参加别人的婚礼，即使推托不掉的，在宴席上也表现得郁郁寡欢，恨不得早早离席。

商丽是不是从结婚那天就已经开始抑郁了呢？

这个猜测一出来，老布只觉得全身发冷。

他发信息给小A：如果你是真的抑郁，其实也没什么，我愿意当你最忠实的倾听者，虽然我不是心理咨询师，但是我对这个群体还是很关注的，最重要的是，我真的很想帮你，我觉得你们就是太内向了，缺朋友，缺释放。

小A：那你还没有搞清楚，有些抑郁症患者，表面上比谁都开朗活泼。

老布：这个我确实不是很清楚，但是我觉得，一件衣服压在箱底久了也会发霉，一件难过的事情压在心底太久了也一样，衣服需要拿出来晾晒，心事也需要说给别人听。你也不要有压力，反正我们只是在网上交流，不是面对面也不会尴尬，你说是吧？

小A："你们"？你认识的人，还有谁也抑郁吗？

老布盯着输入框里的黑色光标好一会儿，写下"一个认识的人"，删了，又写下"我朋友"，又删了，最后还是说：嗯，我老婆。

老布以为小A会追问商丽的情况，但小A并没有，反而说：你是在拿我当试验品，去寻找怎么治愈你老婆的方法吗？

老布：我已经没有机会了。

小A也不多问，还是针锋相对的口吻：看来你老婆的抑郁因你而起，那就是你这么锲而不舍地想要治愈我，不是真的爱心泛滥，而是为了赎罪。

四

收到儿子发来的信息时，老布正被平台分派了一个订单，路程只有5公里，而那段路又因为修地铁异常难走，他立刻取消了订单，关闭了自动派单功能，将车停在路边，专注于儿子的信息。

儿子：中介给我打电话，绣溪别苑的房子有人想买，中介已经带人去看过了，八成能卖掉，不过买主说，价格再低一点，我同意降到60万。

老布：我记得当时是挂了68万吧，怎么一下子便宜这么多？

儿子：房子就那样，能卖掉不错了。我最近很忙，回不来，我把你的电话号码给中介了，相关手续你配合他们办吧。

老布：你这是把房子都卖掉了，才告诉我一声，并不是找我商量。

儿子：还商量什么？如果买主知道这个房子里曾经死过人，还是自杀，你觉得这房子还能卖得出去？

"自杀"两个字像起泡剂，从那一行字中迅速膨胀，占据了老布的视线。他迅速将视线转移出手机，穿过挡风玻璃，看着远方灰蒙蒙的天空，可是他发现即使转移视线也无济于事，因为那两个字此刻也烙印在天空上。他又将视线撤回到手机上，直面它，这时候那些文字似乎长了腿脚，正从他眼前一个个逃走，手机屏幕变得模糊，变成一片白，又变成一片黑。直到微信提示音再次响起，他整个人才从那黑暗中挣脱出来。

儿子：难道不是因为我妈死在绣溪别苑了，你才那么着急搬出来，现在还对那房子念念不忘的，做给谁看？

老布：你在说什么？

儿子在借题发挥，老布难堪又愤怒，车里的空调是开的，他还是觉得自己的手脚像浸在刺骨的冰水中，而心脏快要从胸腔中跳出来，仿佛不想再受这具躯体的控制。冷静了一会儿，他又庆幸是用文字交流，文字本身不带有任何情绪，是创造它的人或者接受它的人赋予其感情色彩，不然这五个字一定会以高分贝的方式传达给儿子，或许还伴有一个响亮的耳光。

儿子：难道我说错了？

老布安慰自己，商丽因为抑郁自杀去世，儿子一直对他怀有恨意，但可能因为性格与教养问题，一直没有和他正面起冲突，最多就是摆脸色，或者把他当成一个置于角落的静物，不去多看一眼，也拒绝和他坐下来交谈。现在儿子愿意发泄出来，未尝不是好事。

他颤抖着手回复，口气软了很多：方便的话，给我打电话，我们谈谈。

> She has jammed you with suggestions
> （她的提议在你脑海萦绕）
> And you like to know
> （而你也想知道）
> Why she seduced your inner conscience
> （她为何将你的良心引诱）
> Where she wants to go
> （她还想往哪儿走）
> ……

和商丽结婚后，老布去学了厨师，摆过小吃摊，开过大排档，也在饭店做过大厨，后来还是和朋友合伙开了一个饭店，生意一直不错，赚了钱，买了房，买了车。而商丽在儿子4岁的时候下岗了，一直没有上班，做起了全职妈妈，一直到儿子高考结束。

敏儿是他饭店里几年前才来的前台，身材好，皮肤好，总是化着精致的妆容，性格很大方，说话脆生生的，关键是体贴人，对谁都满脸笑意，和商丽是两种类型的人。有一天，老布穿的白衬衫的一颗纽扣丢了，她盯着老布的胸口说："老板，你的扣子掉了。"然后提议给他缝上。没等老布说什么，她就从自己的衬衫袖口上剪下了一颗纽扣。老布坐到了吧台里，敏儿专心地给他缝纽扣，老布闻到了她身上被称为"斩男香"的香水味。她的手指有好几次碰到了他胸口的肌肤，他绷紧了身体，不敢出大气。但敏儿一直表现得很淡定，缝好后，给他扣上纽扣，还在他胸口轻拍了一下，说："好了。"然后也不看老布，将针线收到抽屉里。但是晚上，敏儿就给老布发了一条信息：老板，我把我的心缝在你胸口了，你要保存好它。老布是躺在床上刷视频的时候收到这条信息的，只觉得一股热血冲向天灵盖，他看了一眼身边正在看书的商丽，迅速按灭了手机。后来的一切似乎顺理成章。第一次和敏儿幽会，老布有点愧疚，回到家，久违地做了商丽爱吃的干锅虾。

和敏儿维持地下关系的那两年，老布很少回家，儿子已经去上海读大学了，岳父因为中风瘫痪在床，岳母已经过世了，商丽大部分时间住在娘家照顾岳父，偶尔去饭店转一圈。

事情发生在寒冬腊月，儿子放寒假在家。熬了一个通宵的老布坐在麻将桌旁，敏儿也在他身边，刚给他点了一根烟。儿子打来电话，他正要将嘴上的烟拔下来，一句"什么事"还没问出口，儿子就在那边大声喊："快来县医院，我妈快不行了！"老布张了下嘴，烟掉落在裤子上。

仿佛被6年前掉落的那根烟烫着了，老布睁开眼，双手先是在大腿上掸了一下，又使劲搓了搓脸。

商丽吞下了一整瓶的安眠药，最终没有抢救过来。

五

"心理岛"最新发布了一条叫《让大自然治愈你》的推文消息。文章说人的心灵是有自愈能力的，可以让人一次又一次突破压力和痛苦，回到平常的心态。但有些人的自愈能力弱，时间线长，有可能会拖重病情，那么就需要依靠外界的"药物"干预。冬天因为缺乏阳光，影响人体内的血清素水平，更容易引发冬季抑郁症（也叫季节性情感障碍）。但如果能到森林里走走，就能有效缓解症状。因为身处户外，阳光照射到皮肤或视网膜上时，会触发血清素释放，也就是说，天气越晴朗，血清素释放的水平就越高。所以亲近自然,也能起到和服药、谈话疗法一样的效果。文章里还说,日本流行一种"森林浴",就是在树林或森林中待着,让身心沐浴在自然氛围里。

这篇文章把老布带到了商丽去世前一年的那个冬天,那年冬天是本地区少见的寒冬。绣溪别苑的水管冻裂了,是从发霉掉皮的墙、往上冒水的地板那里得知的。撬开客厅的一块地板后,才发现下面全是水。水管穿过客厅,到达阳台,为了不动地板,阳台的水龙头就弃用了,洗衣机搬到了卫生间。但是那一大块掉了墙皮、有斑驳印记的墙,一直没有整修。商丽说过两次,或者三次,让老布找人搞一下。他说:"算了,没什么好搞的,这房子也要换了,我已经在城南新区那边预订了一套在建的房子,就等着完工交房。"

但商丽总是和那块印记过不去,她先是把摆有绿萝的花架搬到那里,后来又买了装饰画贴在那里,再后来又买了一小桶乳胶漆。老布对她说,刷漆没用,必须把墙皮铲干净,重新刮泥子、打磨,再刷漆。但商丽还是自己补上了乳胶漆,交接处凹凸不平,第二年春天才发现,那块印记还是偷偷地扩大了地盘。

有一天,老布回到家,看到商丽拿着一把菜刀,把她涂上的乳胶漆,以及那些潮湿的要脱落的墙皮全部铲了,露出灰褐色的水泥墙面。他问她干什么,她说,丑是遮不住的。

老布想,如果当时他对抑郁症这个群体了解多一点,知道"季节性情感障碍",带着商丽出去转转,多接触大自然,帮她熬过那个冬天,那么后来的事是不是就不会发生。

但是人生没有如果,就像三维世界的时间永远不会回流。

商丽的突然离世,使儿子、岳父、老布都深受打击,因为谁也猜不到原因。

知道真相,是因为儿子从商丽的手机备忘录里,发现了商丽留给他的遗书。遗书中，商丽对儿子说，她患抑郁症已经至少三年了，很多次都想到过死，但是为了他，她忍下来了，现在，他成人了，她可以放手了……

这封遗书就像是一枚重磅炸弹，发挥了它最大的威力，将老布炸了个粉身碎骨。这时候他才后知后觉，商丽这两年来失眠，食欲不振，体重下降，不出家门，很难有笑容……这些都是抑郁症的症状，只是他的心思都在饭店和敏儿身上，忽略了这些。

儿子问老布："为什么我妈抑郁症这么严重了，你都不知道？"

老布说："你妈那性格你也不是不知道，我以为是你离开家，她又要照顾你外公，才那样。"

儿子说："我妈一定是对你太失望了，不然遗书里，怎么都没有提到你。"

老布哑然。是啊，为什么？

后来，老布从商丽的手机里看到了那些曾经发出去，但仅她自己可见的朋友圈；看到了商丽关注的微信公众号，都和心理健康、抑郁症相关；看到了商丽在那个音乐 App 里常听的歌曲，而那些歌曲，大部分是忧伤的曲调；看到了排在她听歌排行榜第一名的 *Forever Now*，播放次数为 657 次；看到了她发的那条动态，说是在"心理岛"听到的这首歌；看到了她说"心理岛"里的那个心理咨询师是个很好的人，即使她没有付费，也给了她很多帮助；也看到了商丽 2018 年那次去上海，并不只是和朋友旅游，还去了 Bang Gang 乐队的演唱会现场。

六

岳父在商丽走的第二年夏天，也走了。在他走之前，老布接替了商丽的班，照顾岳父，拒绝了远在北京的小舅子请保姆的安排。他吃住在岳父家，不再回绣溪别苑，那里对他来说，成了没有高墙的牢房。

他和敏儿就那么断了。商丽去世后，他也不是没有动过娶敏儿的念头，但敏儿在他操持商丽后事的时候，就从饭店辞了职，也拉黑了老布的一切联系方式。饭店里的人，以及一些知道他和敏儿关系的人，私底下都在传，商丽是因为他出轨才想不开走上绝路的。他解释过，别人说，原来如此，但眼神中分明不相信这个说辞。

物是人非，家破人亡，人言可畏，老布觉得在县城待不下去了。

但他一直觉得，他和敏儿的事，就是自己种下的因，才导致了商丽轻生的果。而商丽至死也不知道他背叛了她，想想当初他的诺言，这让他更恨自己。

他想要赎罪。

一次，他看到一个微信公众号推文，一位父亲因为患抑郁症的儿子轻生，从而走上了拯救他人的路，在网络上卧底"约死群"，从而利用心理疏导、报案等方式，挽救那些试图轻生的人。

老布深受感动，想要循着这位父亲的脚印走。

一旦关注某个现象，就会发现，那些被忽略的事物，其实一直在身边。关注抑郁症群体后，老布才发现，有那么多的人有这方面的心理问题。

比如小A。

因为绣溪别苑的房子要卖掉，老布需要去清理旧物。

房子是无电梯房，家住二楼，二楼有一大块露天平台，商丽曾经在那儿摆放过一溜儿花盆，以侍弄花草为乐。现在，花盆基本都空了，只有一株白玉兰还健在，却也是营养不良的样子，有两个陶瓷盆已经碎了，涌出泥土。楼梯口与门的转角边，竹制的鞋架遍布灰尘，最底层还有他一双多年前的黑色运动鞋，也已经面目全非。

老布看着客厅沙发上方挂着的那幅"家和万事兴"的十字绣，想到了挂上去的那天，因为有点歪，他不想再纠正，商丽不依，硬是让他重新钉钉子。还说，这么好的寓意，怎么能不挂正了。拿下那幅十字绣，老布只觉得心口堵得慌。

再看着那块至今都没有补上的墙皮，老布的眼睛像被强光照射，迅疾撤回目光。他很想找个人说说心里话，拿出手机，在微信里翻了一遍，又在通讯录里翻了一遍，却没有找到合适的、可以在此刻分享他心境的人。

小A在这时候发来信息：这些天怎么没影儿了？不是要治愈我吗？

老布随手拍了一张照片：卖房子，收拾旧东西。

小A：是要和过去诀别吗？

老布：能做到吗？

小A：不能。

老布：那应该怎么办？

小A：过去造就了你，想要抛弃它，相当于把你自己劈开。

老布：那我应该怎么办？

小A：难道你不是找到了方法，现在正在朝着那个方向努力？

老布：你知道？

小A：不就是想要通过帮助他人，来救赎自己吗？

老布：我是在救自己吗？

小A：你这个人，其实做什么都是以自己为中心的。表面看上去是那种人畜无害的人，但实际上，拖泥带水的性格无形中伤害了别人，还不自知。

老布心中一凛：我是这种人吗？难道不止商丽，儿子、岳父母，甚至敏儿，都被我伤害了吗？

七

The evening grabs us in the sounds we are bound
（黑夜抓住了我们，旋律将你我捆绑）
We sit and watch the sun moving down
（我们坐看缓缓坠落的夕阳）
It feels so good to have you around
（感觉真好，有你在身旁）
Wish we could stay forever, have forever now
（但愿我们能永远停留，使这一刻成为永恒）

    老布到达咖啡厅，环顾了一下落座的人，寻找小 A。独坐的女士有三个：一个是穿职业套装、盘着头发的女士，一边喝咖啡，一边打电话；一个是 20 来岁的女孩，耳朵里塞着蓝牙耳机，正翻看着一本书；一个是 30 来岁化着淡妆的女人，满腹心事的样子，看着玻璃窗外来来往往的人群。

    他走向那个满腹心事的女人，直觉告诉他，她就是小 A。

    可他从看书的女孩身边走过时，发现她手机屏幕上显示正在收听的音乐是 *Forever Now*，老布回转身，看着女孩。女孩抬起头，合上书，看着老布，说："坐吧。"

    老布坐下的动作有点缓慢："小 A？"

    "怎么，不像？"

    小 A 身材瘦小，长相清秀，头发是自然卷，扎了一个低马尾。老布坐下之后，才发现小 A 已经给他点过了咖啡，也发现了小 A 的皮肤松弛，眼角的鱼尾纹也较为明显。看来小 A 的年龄并非他第一眼看上去认为的 20 来岁。

他们的这次见面，是老布提出来的。那天，小 A 发了一条朋友圈，是站在高层楼上拍的晚霞，小 A 配文字说："生命垂暮时分的最佳选择，或许该像此刻一样，俯视晚霞下自己曾经翻越的山，心中充满什么样的情绪，只有那时候的自己知道。"入镜的一座山，一个建筑物，是省城具有代表性的小山和建筑。

老布试着发出邀请：小 A，我离你很近，我们能见见吗？

出乎意料，小 A 很爽快地答应了，让老布准备好的身份证照片和那些酝酿好的说辞都没有了登场的机会。

约见的地方是小 A 定的，大概离小 A 的家不远。

相对而坐后老布才发现自己无话可说，他意识到，自己对小 A 的判断，可能与她的外表一样，都判断错了。她也许并不是一个抑郁症患者，甚至不是一个需要做任何心理疏导的人。

他还是先开了口："说实话，我没有想到你这么爽快地答应见面，毕竟我们认识不久，你不怕我是骗子？"

"那你是吗？"小 A 拿下了耳机，装入充电盒，又关闭了手机的音乐播放器页面。

"不是不是，你放心。"老布看了眼她的手机说，"看来你也很喜欢这首歌呢。"

"也？"

"嗯，我也喜欢，我老婆也喜欢，还有'心理岛'那个心理咨询师也喜欢。"

"你老婆是个什么样的人？"

老布迟疑了一会儿，邻座的那个忧郁的女人此时起身，背起包，推门，出了咖啡店，转弯，从他们面前的玻璃窗前走过去，走路的姿势很好看，腰背挺得很直，但老布仍然从那背影里感受到了一些孤单落寞的情绪。他在想，商丽是不是给其他人也是这样的感觉。

女人的身影已经消失在视线内，老布却没有收回目光，他像是对小A说，又像是对自己说："不知道，也许我从来都没有了解过她。"

小A拿起小瓷勺，快速搅了搅咖啡，然后在杯沿轻轻敲了敲，盯着那个小漩涡，看着它慢慢变得平静。

"上次的问题，你还没有回答我，如果我有抑郁症，你准备怎么做？"

"说到这个，也要说声抱歉，看来是我判断错误，你并不需要我开导。"

"我给你说个故事吧。"小A用喝酒的方式，将杯中的半杯咖啡一饮而尽。

"有一个农村的女孩子，从小性格内向，父母重男轻女的观念根深蒂固，她在家里的日子很艰难，10岁的时候她遭遇猥亵，有人说，'人的成长是经历了时间的灌木丛，而童年扎根在灌木丛的最底端，一刻不曾离去。性格的所有线索都可以追溯至童年'。她性格越来越孤僻，几乎不与外界交流，患上了抑郁症。直到她遇到一个人，那个人带着她寻求专业医生的帮助，加上药物的作用，她终于走出了那段黑暗的日子。后来，她付出了巨大的努力，参加了一场又一场的培训，终于考取了心理咨询师的资格证，经朋友介绍，加入了一个专业做心理咨询的网络咨询团队，从事网络或电话心理咨询服务。因为曾经痛过，才能对他人的痛感同身受。帮他人镇痛，又何尝不是帮曾经的自己？所以她希望能够通过自己的倾听与开解，帮助更多的人。但她忽略了一点，一个心理咨询师是无法修理所有的情绪故障的，同理可得，也并不是所有的抑郁症患者都能被治愈。"

说到这儿，小A去续了一杯咖啡。老布的脑子里还在回忆小A的那些话，他觉得有什么他一直没有想通的事情真相就要浮出水面，但他还需要更多的信息来确定。

"可以继续吗?"小 A 坐下,看着有些蒙的老布说,"看来一个故事没说完,并不适合打断。"

"你继续。"

"因为曾经痛过,所以对别人的痛也感同身受,但对于心理咨询师来说,这种经历是把双刃剑,不断地被灌输消极情绪,她也需要一个释放这些东西的出口。她注册了一个微信公众号,把那些顾客的经历写出来,也转载一些抑郁症方面的文章、纪录片、访谈。"

老布惊愕地看着小 A,挥动的手让空咖啡杯与咖啡碟碰撞出一声脆响。

小 A 并没有给老布说话的机会:"那个公众号,她没有开通留言功能,但是私信里,经常有人咨询一些心理问题,她统一设置了回复,说那儿只是她的个人自留地,不接受心理咨询。但是有一次,一个女人给她发私信,说非常喜欢她那天发布的文章里的配乐,自己已经听了几十遍。

"她破例回复了那个女人,并在后来建立了更为紧密的联系。那个女人对她说了很多很多,心理痛楚、婚姻经历、母亲离世等等。那个女人是个很会生活、很有涵养的人,说话的声音很温柔,是一个贤妻良母。那个女人提出付费咨询,但她拒绝了,她觉得,人海茫茫,网络更是无疆无界,能够因为一首歌产生交集,是件很神奇的事。

"她们见过一次面,2018 年 7 月,在上海,因为 Bang Gang 乐队的演唱会。

"后来,那个女人告诉她,丈夫出轨了,虽然很痛苦,但女人装作不知道,女人认为一旦撕破脸,他们那个家就保不住了,说他们当初那么艰难地走到一起,如果现在散了,之前的 20 多年不就白坚守了吗?她问女人,这样忍气吞声能挽回人心吗?女人说,她想试试。

"再后来，女人给她留言说：'对不起，我撑不下去了。果然，父母让你嫁的人，你可以不嫁，但父母不让你嫁的人，一定不能嫁。我看到他的信息，他想要和我离婚。'然后就失去了联系。她预感出事了，果然，没过多久女人的儿子用女人的账号发了一条朋友圈，证实了她的预感。"

此时的老布用双肘撑住桌子，双手捂面，内心的波涛正在使劲拍打他的胸腔，让他产生了一种比疼痛更难受的感觉。

他努力回想，什么时候说过离婚的话？

终于想起来了。那段时间敏儿和他闹别扭，很多天都不愿单独见他，那天晚上，他问她，到底想要他怎么办。敏儿说："离婚你愿意吗？"他想了一会儿说："愿意。"又说，"等下见面再说。"

商丽是看到那条信息了吗？

他使劲揉了一下脸，撤下双手后看向小A，那一刻，小A的眼中噙满了泪水。

"那个女人，"他不得不面对现实，"叫商丽。"

小A说："有一次，也在这个地方，也是这个座位，听着她们最喜欢的那首 *Forever Now*，她问女人，如果真的能有一刻成为永恒，希望是哪一刻？女人说，在一条窄长的巷子里，一个有着美丽月光的夜晚。"

说完，小A把目光送到了玻璃窗外，穿透老布的身影，到达了老布可能永远也无法到达的远方。

为时不晚

一

如果不是夏平安亲口对我说过"一条狗过得也比我好","我要是将这狗绑架了……"以及他那些令人反感的过去,我也不会把他和那条叫乐乐的白色贵宾犬失踪案联系在一起。

人生有时不得不应对的一个难题,就是如何面对一个一点也不想面对的人。在5月之前,我已经十年没有见过夏平安了。那天在我家小区喷泉边的长椅上,我问得很少,他却说了很多,有些话很粗鲁。但是要把二十多年的时间浓缩成几句话,也不是一件容易的事,如果把一些影射、感叹、暗示都摒弃掉,粗鲁直接的方式或许最合适。于是,从他去学电焊、打工、结婚、儿子出生,到老婆跑路,现在过着惨不忍睹的日子,他把二十年的时间折叠起来,花了不到三分钟就说完了。

我之前从母亲口中陆陆续续知道些他的事情,于是也知道了他省略了曾经因为偷盗入狱的事。我在心里轻笑了一声。

"还是你舒服啊,果然,读书还是有用的。"他的口吻和表情里,流露出毫不掩饰的羡慕。因为消瘦而皱纹遍布的脸,像一张被生活使劲搓揉过的纸。中间的缝隙能穿过一粒瓜子仁的门牙和八字眉还是他脸上最夺人眼球的部位。

"没有，也辛苦。"我说，递给他一支烟，并点燃了它。

他干巴巴地笑了一下，接过烟，使劲吸了一口，之后弓着腰，双臂的肘部撑着膝盖，看着水池里慢腾腾地游弋的肥胖锦鲤发呆。我看到了他那件土灰色的T袖衫后领口订商标的位置，已经破了一个黄豆大小的洞。

我想尽快结束这场谈话，于是说："放心吧，你儿子的事我会尽力的，但你要做好准备，借读费肯定是少不了的。"

"真的太谢谢你了。夏木。"他坐正身子，伸出手拍了一下我的肩，然后又问，"大概需要多少钱？"

"你先准备5万吧。"

我明显感觉到肩头上他的手轻微抖动了一下，和他惊愕的眼神同步："这么多？我以为你出面，不需要借读费的呢！"

我感觉被轻贱，心里便有些恼怒，口气也硬了："我哪有那个权力？只不过是给你牵线搭桥。你要知道，现在对学区的要求多么严格，这个学校建成和开办没几年，管理松一些。你去打听打听，其他学校，你就是花再多钱，挤破脑袋，没有学区房，也别想进。"

前几天，我们老家所谓的乡贤会的几个人聚了一次。夏平安也在场，但我并没有问他为什么会在，毕竟乡贤会的名单里是没有他的，只知道他也来了省城，还准备把儿子弄来上学。

酒桌上，夏平安不断地走到我身边敬我酒，显得很虔诚，不知是酒斟得太满的原因，还是他有些激动，酒溜出杯沿又从他抖抖索索的手指间流下来。酒过三巡，不知谁挑头说起来的，疫情时代，生意难做，还是像我这种国家政府机关的人舒服，无论发生什么都不怕丢了饭碗。大家基本都是生意人，都有切身体验。我承认，众人或真或假的恭维让我如立云端，内心那个有些空瘪的气球被他们吹得膨胀起来。于是，稀里糊涂地答应了夏平安解决他儿子读书的问题。

第二天，我认真思考了自己为什么许下这样的诺言，也不完全是酒精的原因，而是我想证明什么。

30多年前，我家与夏平安家是邻居，我们都住在一个叫"茶树坡"的小村。事情的起因我并不清楚，反正肯定是因为什么鸡毛蒜皮的事，母亲和夏平安母亲吵得不可开交，正在胶着之际，夏平安的母亲指着我母亲的脸骂："不生蛋的鸡！寡姥！断子绝孙！"夏平安母亲骂出这些话的时候，夏平安刚刚五个月。

这些话的爆炸力太大，几乎将母亲炸得粉身碎骨，这是当时的她的痛，结婚七年都没有生养，中药都喝了几大担，小村的三岔路口经常能见到父亲摸黑去倒的药渣。在那个年代的农村，可想而知母亲承受了多大的精神压力，她知道村里人私底下一定把她不能生养、四处求医这件事当作茶余饭后的谈资，但此事被人当作武器当面攻击她的时候，她居然一句话也反驳不了。见母亲这个样子，夏平安的母亲变本加厉，反复嘲弄母亲。母亲气得一下子晕了过去，要不是有闻声而来准备劝架的乡亲进行了急救，母亲很可能就那样被气死了。就在大家将母亲的人中都快掐破了的时候，夏平安的母亲却丢下一句"气死了活该"躲回了家里。

父亲回来后，操着扁担要去揍夏平安的母亲，然后，又和夏平安的父亲打了起来。要不是当时的村主任压着，这次打架事件就闹到派出所了。

母亲后来病了一场。我们两家人也几乎成了仇人，在我小时候的印象当中，两家人一直没有来往。夏平安家后来翻新房子，建了围墙，彻底和我家划清界限——原本他们家人出门，是要经过我家灶房的窗口下的。几年后，我家也搬离了老宅基地，在村里地势最高的地方——晒谷场旁边建了楼房。

　　第二年的夏天，我出生了。已经会走路的夏平安也暴露出和别人的异样，他的左腿以及左脚像被人折叠过，膝盖永远伸不直，脚后跟永远挨不着地，随着走路的频率整个身体一下一下向左倾斜，让人担心他会一头栽下去。即使我对母亲当时的反应没有记忆，但我可以想象，当我的出生将母亲从黑暗中解救出来时，她有多扬眉吐气。我也知道，母亲看到夏平安那个样子后，很幸灾乐祸，在我的记忆中，母亲多次看着夏平安摇摇晃晃的背影说过这样的话："这就叫现世报，做人要积德，老天爷都看着呢！"

　　当然，随着时间的流逝，两家的矛盾也被时间化解得七七八八了，大约只剩一缕烟痕，因为母亲在追忆往事的时候，几乎没再提及这件事。

　　夏平安将烟头丢在地上，似乎并没有听进去我说的话，还在那自顾自地说："我真的就指望你了，夏木。"

　　我懒得再和他费口舌，正好老婆给我发微信，说：吃饭了，你那老乡还没走？我站起身来，下逐客令："我老婆喊我回去了。我会尽力的，再联系吧！"

　　我其实觉得很匪夷所思，以夏平安现在的境况，把儿子弄到省城来读书，真的是很自不量力。留在老家，由他母亲照顾，即使村里的教学条件和省城的不能比，也好过他现在的状况，以及未来需要面对的诸多问题。当然，我不想再和他探讨这个问题，我想，以后现实会给他甩出无数个巴掌的。因为，他把一切都想得太过简单。

　　这时候，穿着四只玫红色的小鞋子，头顶上还揪了一个小辫子，顶着个玫红色蝴蝶结的纯白色贵宾犬来到我们面前，优雅地踱着步子，然后又抬起头，那乌溜溜的眼睛在我们的脸上停留了一会儿，又低着头在地上嗅起来，随即在我们刚坐过的长椅边，压着屁股，屈着两条后腿，拉下了一小堆粪便，随后用两只后腿不断朝粪便处蹬踢，试图掩埋它。

有个女声在身后呼唤起来："乐乐，乐乐，宝贝，在哪儿？"紧接着，穿着一身白色休闲家居服、妆容精致的妇人就进入了我们的视线。

我率先打了招呼："张姐，又带乐乐出来放风啊？"

张姐朝我点点头，并没有答话，优雅地笑了笑，没有露出牙齿。看到乐乐的举动，她才扑哧一声笑出来："你傻呀，这又没有土，蹬什么？我来。"口吻像极了嗔怪一个犯了迷糊的可爱孩子，然后从不远处那个像极了一个缩小版的小报亭的宠物粪便箱（我也是这时候才注意到小区里什么时候添加了这个设施）里拿了一张小纸板，将粪便铲起来，扔在了旁边的鸢尾花丛里。

那条叫乐乐的小狗欢快地围着张姐的脚脖子打转。

张姐与我家在同一栋，我家住22楼，她家住18楼，她丈夫姓姚，是省电视台工程部的一个领导。前段时间我老婆又在说，一定要和这位姚领导处好关系，好为我们的钢材生意铺路。我的大舅哥刚开了一家销售钢材的小公司，我们入了一些股份，老婆也在里面任着一份闲职。

张姐自己经营着一家美容会所，就在小区南门旁边，据说一到四楼都是她的。我没有进去过，但偶尔见到一二十个穿着清一色灰色制服的员工，上午十点开门营业的时候，在会所门前的平地上跟着动感的节奏跳舞的情景。

老婆办理了美容会所的贵宾卡，想从张姐那里找突破口。我说："别没有赚到姚领导的钱，却让张姐赚了你的钱。不是说，爱美怕老的女人的钱最好赚吗？"她说："她就是想赚我的钱，但你有钱给你老婆往脸上堆吗？"

见到张姐最多的时候，都是早晚在电梯里或者小区里，虽然身穿家居服，但妆容和发型从来都不含糊。她是出来遛狗的，"宝贝""乐乐"

是她口中出现频率最高的词语。

张姐沿着蜿蜒的石子路走远，乐乐乐颠颠地跑在她的前面，像个小引路人，她们的身影慢慢被叶片繁茂的日本晚樱和蜡梅树掩映。

"一条狗过得也比我好啊！"夏平安看着张姐和狗离去的方向，感叹道。

这是那天他说的最后一句话。

二

8月的一天傍晚，天气很炎热。

我驾着车还未进入小区，就看到保安岗亭那儿围着三五个人，还有两三条狗。随着车窗的降落，离他们越来越近，那些模糊的声音才清晰起来，和从车窗涌入的热流一起扑面而来，像早晨拉开窗帘，猛蹿进来的阳光。

"我们一年交那么多物业费，你这个时候和我说监控坏了！现在我的宝贝乐乐丢了，这个责任你们谁负得起？！"穿着黑色连衣裙的张姐声音很大，她的情绪很激动，基本都是盘起来的卷发此时披散在肩头，乱糟糟的，她的脸涨得通红，那涂有暗红色口红的嘴唇甚至在微微颤抖。我从未见过她这个样子，感觉她一下子苍老了很多。

"您别着急，我们再查查其他地方的监控，您自己也再找找，没准您的乐乐贪玩，跑到哪里玩去了。负一、负二的地下车库也要找一找。"一个瘦保安弓腰赔着笑。

"怎么能不着急？就一会儿的工夫啊，一定是有人把它抱走了，我家乐乐我知道，它从不乱跑。"张姐说完，打了个电话，"老公，你赶紧回来，咱们家宝贝乐乐丢啦！"

有个抱着一只灰色泰迪的女人也义愤填膺："对啊，对我们来说，它们就是我们的孩子,假如你的孩子丢了,你能不着急吗?"说完温柔地摸了摸那泰迪的头顶。

"我不是这个意思……"保安慌忙解释。

后面的车使劲按喇叭,我才不得不离开这喧闹的现场,将车驶入地下车库。下坡道时,在减速带那儿颠簸了一下,夏平安突然从我的脑子里蹦了出来。

夏平安大我一岁,读小学时,他原本是高我一个年级的,但我入学那一届的人有点多,老师通过一场测试,挑选了六个人从学前班直接合并到一年级。在我们那个乡村小学,每个年级也只有一个班而已。于是我和夏平安成了同班同学。即使比夏平安少读一年书,我的成绩依然在班级名列前茅,而夏平安却是吊车尾的那一拨。我父母很宝贝我,毕竟我是他们盼望了八年才盼来的孩子。母亲在村里也逢人便说:"我儿子聪明过人,即使跳级了成绩也比某些人好很多。"她口中的"某些人",特指夏平安。

夏平安不但成绩差,脾气也糟糕,即使隔着围墙,也经常能听到他们家的战火纷飞,导火索大都是夏平安,比如他踩死了谁家的小鸡,欺负了谁家的小孩,偷了谁家的瓜果,别人找上门来,他的父母当着别人的面对他大声呵斥,但别人一走,又数落起别人的不是。

母亲后来不止一次说,夏平安这棵树长歪,其实不是残疾造成的,是他父母惯的,上梁不正下梁歪。

我记事的时候,母亲就告诉我,跟好学好,跟歹学歹,一定要离夏平安远一点,从小看大,这孩子以后一定会惹出更大的祸,保不齐会坐大牢。家乡有谚语:小时候偷针,长大了偷金。没想到后来真的被母亲说中了。因了这些内在原因和外部环境,我和夏平安之间就被划了一道界线,乡亲们在教育孩子的时候,总会拿我们作为正面教材和反面教材。

"好好学习，你看人家夏木……"

"你怎么不学着点好？和那个夏平安一样……"

我们看彼此都不顺眼，无形中将对方当作了"敌人"。

五年级的时候，班主任对班级里那几个问题学生很是头疼，快要小升初了，他想挽救一下，于是想到优差生结对帮扶的点子，想法和母亲的一样，只是他们的出发点不一样，班主任说"近朱者赤，近墨者黑"，各方面都优秀的学生应该起到引导和表率作用。我的帮扶对象正好是夏平安。即使我一万个不愿意，我还是答应了，毕竟在学校我是听老师话的好学生、同学们的榜样。母亲听后很气愤，要不是我阻止，她准备去找班主任。我和夏平安因此成了同桌，下学的路上，也偶尔结伴而行，但快到家的时候，我会故意和他拉开距离，以防被母亲发现。

和夏平安熟络起来后，我单调的学习生活开启了异世界的大门，比如他会告诉我，班上某某女生的胸部开始发育了，某某女生甚至已经来例假了，因为他能看得出来。我承认当初的我是很乐意听他说那些事的。

有一次他在上学途中经过杨店村时，逮住了人家一只大白鹅，用布条捆住了大白鹅的嘴，塞进了蛇皮袋，卖给了集上的小饭馆，拿着那钱买了游戏机，还买了漫画书和零食。我也被他拿这些东西贿赂了，交换条件是帮他保密。那段时间，我陷在"俄罗斯方块"游戏中，还骗过母亲说钢笔丢了，拿到钱买了好些7号电池，贡献给了游戏机。成绩因此也略有下降，母亲很生气，又要去找班主任，但被我的"保证下次考更好"给拦下了。

小学生涯快要结束的时候，有一天中午，我和夏平安一起去上学。杨店村有一户人家正在盖房子，房子是两层楼，第一层已经盖好了，房子的坡道上有一座用毛竹编搭的桥，便于运输水泥砖块上二层。时值中午，泥瓦匠大概去吃饭了，但是有几件灰扑扑的衣服搭在那刚砌的半人高的墙体上。夏平安突然说："你在这看着，有人来喊我，哥今天带你吃香的，喝辣的。"说完一瘸一拐地小跑着上了竹桥，那样子极为滑稽。直到他不慌不忙地将手伸进那灰扑扑的衣服口袋，我才反应过来，吓得心跳到了嗓子眼，以至于那两个泥瓦匠站在我身边时，我的脖子像被人掐住，一个字都没有喊出来。当夏平安手里攥着一些皱巴巴的钞票和半包阿诗玛香烟的时候，他就被一个泥瓦匠钳住了双手。

这件事闹得很大，杨店的好多村民都来看热闹，偷大白鹅的事也一并暴露了。我们挨了两个耳刮子后，被扣下了。我当时吓得不行，担心会被抓起来送去派出所，但我更担心被父母，以及被那些一直认为我是好学生、好孩子的老师、同学和村里人知道。一直到天黑时分，我们双方的父母和班主任一起找到那里。

父母对我很失望，但在那里他们还是护着我的，说我是被夏平安带坏的。双方父母在那里又差点吵起来。回家后，我也被父亲的竹丝抽得遍体鳞伤。母亲在一边抹完眼泪，用恨铁不成钢的眼神死死地瞪着我，那眼神比父亲的竹丝还要锋利。

夏平安在这之后就辍学了，而这件事成为我人生当中的污点事件。我对夏平安恨之入骨，有一天天擦黑，我还朝夏平安睡的那间房的窗户上扔过石头。

这件事，我在饭局上和别人说过，我是以"爆黑料"的方式说出来的，但收获的基本都是"这不是你的错啊"的评断。得知夏平安后来的境况，大家也发出了"小时偷针，长大偷金"的感叹。

第二天，电梯里、单元门上、小区的东南西北门的岗亭上，都贴有"寻狗启事"，启事上配的乐乐的照片，正是穿着玫红色小鞋子、揪着小辫子、顶着玫红色蝴蝶结的照片，连抬头的姿势和眼神，都是那时候在喷泉边，我和夏平安一起看到的样子。启事里面最夺人眼球的不是乐乐的照片，而是那一句"重酬5万元"以及后面三个重重的感叹号。

三

那天见面之后没几天，我打电话给夏平安，告诉他事情基本谈妥了，让他在7月31号之前，带上相关资料和借读费去学校报名。

他当时犹犹豫豫，说钱还没有凑齐，但却说要请我吃饭。我很干脆地回绝了他，我知道，他一定是想向我借钱，我也知道，这钱要是借给他，基本是肉包子打狗。我不是差那几个钱，就是单纯地不想借给他。

我们还是见了面，在我家附近的一个土菜馆。在他到之前，我就已经点好了菜，结好了账。果不其然，酒才喝了两杯，他就开口了："夏木，我在这鸟人都不认识，鸟关系也没有，这钱真是凑不齐了，你能借给我4万块钱吗？"他说这话的时候，一点没有有求于人的那种恭顺或者小心翼翼，反而说得理直气壮，让我想起当年的那句"你在这看着，有人来喊我，哥今天带你吃香的，喝辣的"。

"夏平安，你知道老家有句话叫'人情大似债'吧，为你这事，我欠的人情都不知道怎么还。再说了，我们家财政大权都掌握在我老婆手上，我连工资卡都得上交。"我是实话实说。

他仰脖喝尽一杯酒："这点钱都做不了主？原本还挺羡慕你，没想到……算了，也不指望你了，我再想办法。"他说完，用指甲去抠卡在牙缝中间的菜。

我看着只觉得恶心，心想幸亏没有将他带到家里，不然要被老婆骂死。那顿饭吃得索然无味，大部分时间都是他在说，说老家的人和事，但我实在是没有什么兴趣。

"你个大领导，在大城市生活，把老家都忘喽！"

我竟然无法反驳。身体不太好的母亲早已随弟弟在县城居住，一把锁就将老家和故乡锁在了过去。

可能是因为酒，以及只有我们两个人，夏平安还是将上次省略的偷窃入狱的事情说给了我听。那是十年前，他在温州一家鞋厂打工，喜欢上一个洗脚房的姑娘，单方面地喜欢一个姑娘，是需要物质支持的事情，更何况以夏平安自身的条件，谈喜欢，就要付出更大的代价。偷窃是他认为来钱最快的方式。像小时候他从偷瓜摸果，到偷大白鹅，再到偷钱，是一步步来的。他一开始也只是小偷小摸，将手伸进超市、化妆品店、服装店，他将战果以礼物的方式送给那个姑娘。后来让他败露的，是偷盗电瓶车。他在说这些的时候，竟然一脸沉浸在过去的感觉，也不知道是想那个姑娘，还是为自己的偷盗行为感到自豪。

我想到小时候那次他偷钱的事，于是问："偷电瓶车的时候，没叫一个人给你放风？"

但他似乎并没有听出我话里带着嘲讽的含义："我是单打独斗，不是团伙作案。"

"本性难移"这个词，创造它的人一定经过很多次实例论证。

吃完饭他坚持要送我回家，虽然我家和那个土菜馆只有一条马路之隔。他是为了将未尽兴的话说完，完全不顾我有没有倾听欲望。在小区的南门口，我故意停在那里，没有带他进入小区，意思再明显不过。我们站在那抽烟的时候，张姐穿着一身墨绿色的职业西装，推开了美容会所那扇有着金灿灿的门把手的玻璃门，开走了停在美容会所门前她那辆红色的奔驰。车牌前两位是字母"ZX"，据我老婆说，这是她姓名拼音的首写字母。半降的车窗里伸出乐乐的小脑袋，冲着路边的一只小柴犬叫了几声，张姐阻止它："宝贝，叫什么呢？别叫了。"

夏平安使劲抽完最后一口烟，将烟头扔在地上，用鞋底使劲跺了一下，目光仍然在奔驰车的屁股上，幽幽地说了句："我要是将这狗绑架了,估计找这富婆要个十万八万,她也会给的吧?"

我的心里一咯噔:"你怎么能有这么荒唐的想法?!"

"呵呵。"他笑笑,没有回答我。

当他骑着那辆面目难辨的电瓶车从我的视线中走远后,我开始后悔和他再次建立联系,这种人离得越远越好,也更后悔帮他这一茬,我想树立以德报怨的形象,但似乎毫无意义。有前车之鉴,我应该及时止损,但我不知道还来不来得及。

后来,经过多次电话、微信沟通后,夏平安儿子的上学问题总算是尘埃落定了。我不知道他后来从哪里弄来的钱,他没有主动说,我也不想问。

历史总是惊人地相似,夏平安的儿子竟然和我女儿分到了一个班。妻子很生气,我和她说过夏平安的事,她瞟了我一眼:"一粒老鼠屎,坏了一锅粥,关键那老鼠屎还是你亲自扔进去的。"又埋怨我说,这个学校的资质并不好,女儿应该去读最好的市一小,我花心思在别人的孩子身上,对自己的孩子却没有那么上心。其实我怎么会不知道?但我还没能力在没有学区房的条件下,把女儿安排到最好的市一小。其次我也认为,只要孩子优秀,在哪个学校都是一样的。

开学不到半个月,班主任就已经在班级群"艾特"夏平安:"请夏大志家长方便的时候给我打个电话。"听女儿说,夏平安儿子在班级调皮捣蛋,上课的时候屁股根本不在凳子上,总在教室里跑来跑去。我也对她说了:"近朱者赤,近墨者黑,你不要和他玩,知道吗?"

女儿追着我问,什么是"近朱者赤,近墨者黑",我耐心和她解释,像当年母亲对我解释那样。

四

　　将过去与现在连接起来，我完全有理由相信，乐乐的丢失绝对与夏平安脱不了干系。

　　我给夏平安打电话，直奔主题："你现在住在哪里？"

　　"怎么，你要来看我？"

　　"我有事问你。"

　　他支支吾吾地不予回答，这更加笃定了我的猜测，我决定先不打草惊蛇，如果他偷走了乐乐，现在一定养在家，我要去抓个现行，然后带回乐乐，亲手送到张姐家。我几乎可以肯定，只要我帮她找回乐乐，还不要那所谓的酬金，日后找姚领导合作，百分百有戏。

　　女儿的班主任领着一群按身高列成两队的孩子出来，我一眼就捕捉到了站在队列前面夏平安儿子的身影，瘦小、黑黑的、头发有点乱，硕大的书包将他的身子衬得更加矮小。而他正和我的女儿并排行走，他歪着头对我女儿说着什么，还将手中拿着的一个纸飞机递给了女儿。

　　老师说"家长来的同学可以先走了"的话音刚落，我就从队列里拽出女儿，拖过她带滚轮的粉红书包，将她与那个黑小子的距离拉开。

　　人前我不好质问女儿为何不听我的话，只得让妻子先带着女儿回家，妻子瞪了我一眼。女儿离开前，朝那黑小子挥了挥手，那黑小子还冲着女儿的背影喊："明天我给你折大轮船啊！"

　　过了一会儿，除了这黑小子，其他同学都走光了，我从班主任那接替了看着这黑小子等他爸爸的活。

　　"你叫什么名字？"虽然我知道他的名字，但貌似只有这样的开头，才能继续接下来的谈话，即使是和一个孩子。

　　"夏大志。"他并没有抬头看我，依旧在摆弄手中的一张纸。

"我认识你爸夏平安。"

他这才抬起头:"嗯,我知道,你是夏天的爸爸。是和我爸爸一起长大的小伙伴。"

"你家住哪里?"

夏大志并不能说清他所住的地方到底叫什么。

我正准备给夏平安打电话,就看到他骑着车艰难穿行在人群中,向我们慢慢靠拢,像一条在阳光照射的水泥路上被蚂蚁围攻艰难蠕动的蚯蚓。

"儿子,等久了吧?晚上想吃什么?"夏平安并没有下车,右脚撑在地上,伸出手,卸下夏大志的书包,带着赔礼道歉的笑,然后才看着我,"难得看到你来接娃啊!"

"我是来等你的。"我说。

他并不诧异:"等我?有什么事吗?"

"你住在哪儿?我去拜访一下。"

他顿了一下:"哎呀,我住的地方没办法招待你呀!"人还是坐在那电瓶车上没动,并示意夏大志上车。

他说送孩子回去后,还得去店里,于是匆匆打发了我,又骑着车穿行在人群中,慢慢走远了。夏平安之前说过,他找到了工作,是在菜市场门口一家定做防盗窗、纱窗的店里干活。说那个老板人很好,没有嫌弃他是个残疾人。

在我看来,这是典型的心虚表现。

晚上9点多钟,我出来散步,给夏平安打了一个微信语音电话:"乐乐是不是你带走的?"

"啥?乐乐是谁?"

"别给我装蒜,就是我们小区那条白色的小狗,你上次想要绑架的那条。"

不知是网络原因，还是他在思考怎么狡辩，我们的对话中断了一小会儿。再有声音，是他粗哑的嗓音："你怀疑我偷了那条狗？！"

其实那一刻我也觉得自己鲁莽了，没有经过验证的事情，不该妄下定论，但不知道为什么脱口而出的却是："狗主人已经张贴了寻狗启事，赏金5万元，你可以带着狗来领赏了。"但转念一想，不能让事情这样发展，趁着他没反应过来，我赶紧缓和了语气，"平安，你还是把狗交给我，我还回去。你要知道，张姐和她老公都是有钱有势的人，要是知道狗是被绑架带走的，别说酬金，你肯定又要进局子。"

电话里静悄悄的，我连夏平安的呼吸声都没有听到。

"你还在听吗？喂？喂？"

"夏木你别欺人太甚！"夏平安在电话里吼，想来刚才憋着气呢。装得挺像。

可是，他吼完，掐掉电话前的那个间隙，我却真真切切听到了小型犬的叫声："汪，汪，汪！"好像在喊："救我，救我，救我！"

五

等电梯的时候，碰到了神情漠然的张姐，是我首先打破了安静："张姐，乐乐找到了吗？"

张姐侧头，稍惊了一下："啊？"显然刚刚沉浸在自己的思维里，并没有发现我站在她身边，"哦，还没有。"

"别着急，我相信一定会找到的。"

"谢谢。我正在动用网络力量，我相信，很快就会找到的。"她说。

"那就好。希望乐乐早点回家。"进了电梯，我先按了18，再按下22。

不能让任何人在我之前找到乐乐。我突然想起来，女儿的班主任一定知道夏平安住哪儿，她去家访过。有了班主任给的地址，找到夏平安家并不难。那是一栋老小区，北门边有一溜私家车库改的出租房，夏平安带着儿子就住在其中的一间。我最先看到的是夏大志，在那个低矮的出租屋门口，趴在一个腿有点歪斜的方凳上写作业，可能来日有雨，天气闷热得很，那孩子的头发湿答答地贴在脑门上。

"你爸呢？"我问他。

"叔叔你怎么来了？我爸出去了，要过一会儿才回来。"

我打量了一下屋里，一张靠着屋子最里侧铺着凉席的床，枕头斜放在床中央，好像谁刚横躺在那儿过。床边的凳子上放着一个黑乎乎的摇头扇。一个简易的布艺衣橱，里面塞的东西有点多，鼓鼓囊囊的，那拉链快招架不住了，随时都有爆裂的可能。靠近门边的一张桌子，一个电饭锅、一个电磁炉、几个瓶瓶罐罐就将它占满了，旁边还有一个大纸箱，乱七八糟的杂物纠缠在一起。正对着床有一个两三平米的用三合板隔起来的小隔间，门半掩着，可以看到小便池，以及立在旁边的一个疏通下水道的撅子。

这时候，夏大志快速地将封面已经有点破损、书角卷曲的书本塞到书包里，一边对我说"叔叔，你要不要坐一会儿"，一边将书包扔在床上，从大纸箱里拿出一个蓝色的球，跑出来，不知冲着谁说："现在我能陪你们玩啦！"

几声狗吠适时传来，我看到不知从哪儿突然蹿出来三条大小、体形、品种不一，但都灰扑扑的狗，欢快地跑向夏大志。还有一黄一黑两只猫蹲坐在那里，好像在认真地看着我。

"这些都是你们养的？"

"都是自己跑来的，我们经常给它们吃的，它们就不走啦！"夏大志将球抛向空中，那条最大的黄狗跳起来试图咬住它，但球太大，气也太饱了，球滚到了远处。

"猫来穷，狗来富。"这是老家的谚语，夏平安这是要穷，还是要富？

夏大志逗得那些狗很兴奋，又是叫又是跳，还翻身打滚，他自己咯咯咯笑着，突然又喊："还差一个，小黑呢？"

以前，夏平安家养过一条叫小黑的狗，虽然它体形已经很大了。我们一起上学的那段时间，小黑经常送我们到河边石拱桥，然后蹲坐在拱桥的最高位置，目送我和夏平安翻过那道至少有60度的山坡，直到被树木遮蔽。放学时它也会在小桥那儿蹲守，然后和我们一起回家。那时候我很羡慕夏平安，居然有这么一条忠心耿耿的狗。有年冬天，我们村一共丢了九条狗，包括小黑，大人们都说，这些狗是被人下药带走了，已经成了狗肉馆里的美食。

夏平安很生气，好长一段时间，只要走到石拱桥那儿，他就开始骂娘，说偷狗的人不得好死。

是一串咔嗒咔嗒的声音将我的思绪从石拱桥和小黑那儿拉了回来，这时候，我看见一条非常消瘦的小黑狗，浑身的毛稀稀拉拉的，又好像被涂了胶水，一缕缕地粘连在一起。它的后半个身体塞在一个正方形的铁架子里，那个铁架子下安装了两个滚轮，它迈动两条前腿，拖着自己的后半个身体，以及咔嗒咔嗒响的铁架子，朝着夏大志走过去。

见我盯着它看，夏大志说："它是瘫痪狗，我爸爸说，它是被大狗咬断了背，它太可怜了。"

我的脑袋重重的，只觉得里面装满了石头。

夏大志又说："叔叔，小黑的这个轮椅是我爸爸发明的，他聪明吧？"他仰着汗津津的脸，那些汇集在发梢的细密汗珠亮晶晶的，而眼睛里的崇拜之情也和那汗珠一样，快滚落下来了。

小黑"汪，汪，汪"叫了几声，声音有些破碎，是我那天在电话里听到的声音。随后，它的速度越来越快，直到奔跑起来，那咔嗒咔嗒声，变成了呼啦呼啦声，密集的鼓点一样，敲在我的心上。

木字旁们

洪枫第三次打来电话,说那些木头家伙差不多修补完了,接下来就是修缮老屋了,问杜椿什么时候有空,回来商量一下,他不知道老屋哪里该动,哪里不该动。

杜椿正坐在办公室里赶一份领导要的材料,洪枫说话的时候,他的右手操控着鼠标,将文档的进度条上上下下地拉,像锯一根湿木头,赶材料时那股一直压制着的心烦气躁也借机蹿出来。他一边在文档最后重重地敲了七八个毫无意义的回车键,一边说:"我最近很忙,明天还要出差,你自己看着办吧。"想想又补充道,"需要钱再和我说,就这样。"

掐掉电话前,杜椿听到洪枫那句像从遥远的时空甬道中传来的声音:"椿儿,不是钱的事,我怕师父不满意……"

杜椿他们这个家族,从太爷爷杜松那"一棵树"开始,就慢慢繁衍生息,长成了一片森林。这片森林里,树种各异,除了松树,还有榆树、楝书、桐树、樟树、梅树、桃树等,喜好和脾性不一样,但扎根在同一方土地上,共享着同一片蓝天,吸纳同样的阳光雨露,骨子里的他们,其实都是一个品种。

杜椿小时候很嫌弃自己这个像女孩子的名字,因为小伙伴们叫他

"椿儿"的时候，故意强调儿化音，还把尾音拖得长长的，然后猖狂地窃笑。父亲说他是捡到宝了却当草，香椿木虽不是红木，却是一等木材，质地坚韧，是百木之王，他应该庆幸这个名字没有被姐姐和其他堂兄弟姐妹用掉。

他们家有一张香椿木四方大桌，配了同是香椿木的四条长凳。桌子和凳子做工都很精细，桐油上得也足，泛着幽光，大桌四角那里还做了镂空的花节雕刻。桌子和凳子放在堂屋的中央，正对着江山红日中堂画，很气派，家里来人总会夸上几句。杜椿对家族里以木起名这个传统一直不以为然，他说，如果按照树的品种去给后代取名字，再去掉那些所谓的凶树和寓意不好的树，诸如柏、柳之类，只会越来越难取，而且越来越次。父亲说，那么多树呢，得管多少代啊，再说了，木字旁也行啊，都与木有关。四方大桌和长条凳的香椿木材，来源于他们家的老屋院子边依着坎沟歪斜生长的香椿树，现如今还存有两棵，长得很是高大繁茂。

父亲很爱吃香椿芽炒鸡蛋，初春时节，他会在长长的竹竿上端劈开两个口子，形成一个三角叉，轻而易举地别断高高在上的香椿芽。杜椿小时候拒绝吃这道菜，除了他受不了那股奇怪的味道外，也因为他下意识觉得那是在吃自己。夏天的夜晚，杜椿喜欢跷着二郎腿躺在竹床上在树下乘凉，透过香椿树密密匝匝的羽状复叶看星空与银河。上大学离开故乡后，他再也没有这样的机会去看夜空了，仿佛自那以后，星空与银河在他的生命里就消失了，连带着那两棵香椿树也消失了。

当年妻子怀孕，父亲说，如果是男孩，就叫杜檀，如果是女孩，就叫杜榕。杜椿和妻子都不太喜欢这两个名字，儿子出生后，他只将"檀檀"用作儿子的小名，而户口本上的大名是妻子花了200块钱找一个风水大师按生辰八字给取的，和树木不沾边，和木字旁也不沾边。父亲知道后有些生气，说他怎么能自作主张轻易打破这个延续了几代人的传统,责令他去给孩子改名。但名字还没来得及改,杜椿堂弟的孩子也出生了,取的名字也没有遵守这个传统,叔叔杜楝倒是开明,并未多说什么。杜椿便有了借口,给孩子改名的事也就一拖再拖。

杜椿的太爷爷、爷爷、父亲、叔叔,都是木匠。

村民们用"三杜"来形容杜家这同是木匠的祖孙三代。从建造房屋时用的木头屋架、门窗,到三门橱、五斗橱、书几、雕花床、立柜、木桶、木盆等传统木家具,再到犁、风车、水车等农具,村里每户人家甚至周边村里人家都一定能找出几样出自"三杜"手下的木器。经过时间检验,口碑、手艺最好的是"杜二",也就是杜椿的爷爷。村子里一个上了年纪的婆婆还经常把"我家里那个高低橱是杜二打的,几十年了,还好好的"挂在嘴边。"杜二"最擅长的是农村老式房子里的露明梁架,榫卯坚牢,梁、柱等交接处的斗、拱、驼峰等装饰很美观。人们不叫杜椿的太爷爷杜松"杜大",而是叫他"杜师",这个称呼里包含着他们对杜松的最高褒奖,毕竟手艺最好的"杜二",也是"杜师"带出来的。"杜师"遗留在人世的作品不多了,仅存几件,也是经过"杜二"或"杜三"修补或翻新过的。

杜椿的父亲杜榆能够"打败"弟弟杜楝成为"杜三",不是因为手艺更胜一筹,而是因为脾性。杜榆性格虽沉闷,但行事稳重;杜楝的性格有些张扬,好酒,所以在人家做活时容易耽误事,一次给别人家屋上梁时,出了些纰漏,让主家感觉触了霉头,从此失了信誉。对于没能得到"杜三"的名号,杜楝表现得好像也不甚在意,有绘画天赋的他后来去了苏州一家红木雕刻厂,从事红木雕刻工作。他在雕刻厂工作,收入远高于在乡村做木匠,他们家也是村里第一个盖三层楼房的。杜楝后来劝说过杜榆和他一起去苏州,大意是说传统木工艺没什么市场了,工厂都量化了,还守在村里干什么,"杜三"的名头真有那么重要?杜榆干脆地回绝了他后，杜棣就再也不提这茬了。

每个人心中应该都有一幅关于父亲的形象画，杜椿心中的那幅画，时间背景总是在清晨或者黄昏，父亲行走在乡间的小路上，右肩上背着一个简陋的工具箱，右手上还拿着一个锃亮的锛子，左臂上套着两把大小不一的锯子。父亲从来都是早出晚归，家对他来说，就像一个长租的旅馆。不出工的日子，父亲也不怎么照看田地，除了犁田打耙，家里的农活都是母亲一个人担下的，他总是一头扎在那间堆满各种木料、工具、半成品木器，充斥着各种木材味道的披厦里。

杜椿觉得，父亲对那些工具、木料和木器的关心和爱，胜过对他和姐姐杜桂的。

出差回来的高铁上，因为车马劳顿，缺少睡眠，杜椿的头有些疼，正闭目培养睡意，洪枫发来微信，有语音、文字、图片，还有一段十秒钟的视频，它们像密集的子弹一样射进杜椿的脑袋，使他头疼加剧，有炸裂般的感觉。即使不听语音消息，不打开视频，杜椿也可以根据"椿儿，你说呢？"那几个字判断，这些无非都是洪枫在传递同一条信息：有时间回来看看，我一个人真做不了主。杜椿知道，这不过是洪枫的托词，以他的行事风格，绝对将一切都规划好了，只不过他需要自己参与决策，从而分担一半责任。

小时候，父亲也曾经热切地培养过杜椿对木匠手艺的兴趣，因为他希望栽培出一个"杜四"。他不光教杜椿识别树的品种，还让杜椿通过已经解板的木材去辨别是什么树，后来，升级到让他通过木屑去辨别。他告诉杜椿：椿树的木屑是浅棕色的，能闻到香椿芽的清香；松树的木屑颜色淡一点，但有着松节油的香味；柏树的木屑接近白色，有一股柏枝的幽香；水杉和白杨树常常是湿的时候解板，木屑潮湿，捏在手心能成小团，但松手即散……

比起识别树木、木材或木屑，杜椿对父亲那个墨斗更感兴趣。墨斗是一条鲤鱼的形状，脊背上靠近头部的地方开了墨池，靠近尾部安装了墨轮，墨线从微张的鱼嘴中吐出，前段挂着一个"8"字形的铜班母，两个腹鳍与一个臀鳍形成三角底座，能让鱼稳固地站立。臀鳍和尾鳍中间，隐藏着收线小手柄。虽然黑乎乎的，有些磨损，但依稀可辨鲤鱼眼睛有神，鳞片逼真，尾鳍线条流畅，仿佛游动于水中。这个墨斗是太爷爷亲手做的，之后传给了爷爷，爷爷又传给了父亲。父亲告诉杜椿，墨斗虽小，但制作起来却不简单，各个部分需要单独制作，主体还需要一木连做，费工费时。对于木匠来说，墨斗代表的是祖师爷鲁班，是有神性的，这个鲤鱼墨斗要当成传家宝传下去。

鲤鱼墨斗里有少年杜椿百思不解的东西，于是他总喜欢趁着父亲不在偷拿墨斗，摇摇线轮，抠抠墨池里的棉花，四处乱弹寻找奥秘。一次在父亲要用的板材上弹了很多黑线，又把松动的小手柄弄丢了后，父亲非常生气，不怎么动手打孩子的他，用木卡口抽了杜椿的屁股。杜椿反驳说："不是说墨斗要当传家宝传下去吗？早一点传给我不行吗？"父亲说："那要等你学会木匠手艺再说。"杜椿再也没有摸过墨斗，还有父亲的其他工具，以此来告诉父亲，他不会学木匠。

晚上躺在床上，杜椿才点开了洪枫发的那个视频。视频中环拍的是父亲的工作间，工作间的前身是杜椿的房间，当初靠着床的那面墙上，钉有四排木条，木条后面有空隙，插着工具，木条上面钉有长铁钉，根据形态大小错落有致地挂着工具，这些工具有一大部分是父亲根据自己的使用喜好做的。

杜椿看到了锯子、刨子、凿子、蜈蚣刨的身影，当镜头最后一晃的时候，他捕捉到了杂乱的工作台的边缘，那个黑乎乎的鲤鱼墨斗的墨线从口中被扯出一截，"8"字形的铜班母悬吊在空中，微微晃荡着，像鲤鱼痛苦地吐出了自己的内脏。

他给洪枫回信息：工作间先别动，我周末回来。

杜椿的老家在潜川县城以东一个国家AAAA级森林公园的山脚下。前些年美好乡村建设，对村子里的环境进行了整治和规划，村子现在是面貌一新，但即便如此，也没有拴住年轻人飞翔的翅膀，包括杜椿。杜椿没有什么故乡情结，可能与脱离故乡后的生活一直过得顺风顺水有关。

杜椿工作之前，他们一家人都住在那所由石头、青砖、小黑瓦和出自"三杜"手下的木器构成、填充的老房子里。千禧年的时候，家里在进入景区的路边新盖了楼房，母亲就在家里摆了个玻璃柜台，门口摆放了一张木桌，开了一爿小店，卖矿泉水和香火（景区山顶有一座江淮十大名寺之一的寺庙）。老房子空下来后，父亲把他的工作间从披厦搬到了杜椿之前住的南头的房间里。

村里人家的房子越盖越漂亮，有几户人家甚至花了几十万，盖了豪华的别墅，安装了铁艺的庭院大门，买了成套的、有着精致花纹和软包的家具。每当看到哪户人家的院子一角或是放杂物的耳房里堆放着弃用的老木器家具，父亲都想着把它们"赎"回去，久而久之，村里人会主动把淘汰掉的老家具送到父亲那儿，老房子渐渐被缺胳膊少腿的木器家伙占领，成了木器回收站。

八年前，杜椿听人说村庄要征收拆迁，由他出钱，让父亲把老房子边的披厦、猪圈、鸡舍拆了，盖了四间两层的小楼。又找了挖掘机把老房子边的一片水竹林翻了过来，连带着之前的稻床，都栽上了桂花树，有近千棵，想着到时候征收，桂花树按棵赔偿，也是一笔不小的收入。可是好多年过去了，村庄安然无恙，只是规划了道路，升级了一些硬件设施，将一些人家的外墙刷了，画了壁画。那些栽种得过密的桂花树因为地盘拥挤，身材纤细，不成气候，连买主都找不到。那两层小楼后来租给几个外地的承包责任田的种植大户住家了。

杜椿到家后,发现之前堆放在老屋里的那些残疾木器基本都修理好了,整齐有序地摆放在那两棵依然茂盛的香椿树下和小楼一层的屋子里,有木犁、木耙、木锹、风车、木桶、木桌、三门橱、五斗橱、梳妆台、洗脸架、木质窗格子、雕花床、踏板打稻机等,甚至还有一个以前杀年猪时,烫猪用的杀猪桶。除了杀猪桶,每样木器都不止一个,木犁至少有20把,列队的士兵一样等待着检阅。这些东西之前堆在老屋里不起眼,现在修理好排兵布阵摊开了,居然有如此大的阵容,杜椿难免有些吃惊。

洪枫正在修一个龙骨水车,水车的送水叶片新补了好些块,虽然他选择的木材接近水车本身的老旧颜色,杜椿还是一眼就看出来了。

胡子拉碴的洪枫看了一眼杜椿说:"椿儿,回来啦!你等一下啊,马上好。"

"你速度挺快的,这没几天,都修好了?"杜椿问。

洪枫没抬头,继续手里的活计,解释道:"不是,很多东西师父应该一收回来就修好了。"

记忆中的一个场景突然跳出来,地点也是在这老屋的门前。

那应该是杜椿上小学五年级时中秋节的早晨,他坐在小板凳上吃早饭,父亲正收拾他的工具箱。这时候,一个中年人领着一个初中生模样的男孩子来到他家,中年人手上提着的红色塑料袋里装着烟酒。男孩子左手上提着一刀用稻草系着的肉,正打着旋,右手上提着一条草鱼,稻草从鱼鳃穿过鱼嘴打了个结,系肉穿鱼的稻草绳上,都穿了一块四方小红纸。

中年男人大着嗓子喊了声:"杜三师父。"然后将男孩子手中的鱼和肉拿过来，连着手中的袋子，一起递到父亲手里，"拜师礼你收下，孩子就拜托你了，不听话你就打。"然后用眼神示意那个男孩到前面来，说，"叫师父。"

男孩走过来，脆生生地叫了声："师父。"

这个男孩叫洪先进，是父亲的第一个徒弟。

父亲一边和洪先进父亲寒暄，一边继续收拾工具箱，还不忘将手中的鲤鱼墨斗扬了扬，说："这墨斗还是我爷爷传下来的，有灵性了。"说完很小心地将墨斗放在工具箱最上面。

父亲问洪先进："你喜欢什么树？"

洪先进想了一会儿，说："红枫。"

父亲又问："你还知道红枫，为什么喜欢？"

他说："班级的窗外栽着一棵红枫，每天看得多了，就喜欢上了。"

后来，有个晚上躺在床上，洪枫告诉杜椿，他是爱屋及乌，因为他喜欢的一个女同学特别喜欢红枫，没事就对着班级窗口那棵红枫发呆，还摘红枫叶当书签。

父亲说："那正好，你又姓洪，以后在我这儿，我就叫你洪枫了。"

那天父亲还对洪枫说："对木工来说，工具就是我们的武器，而且木工的聪明才智不光在我们打制的木头作品中，更在我们的一锯一锉中，一刨一耪里。"

这句话后来杜椿听过很多次，背得滚瓜烂熟，很久以后杜椿才知道，父亲的这句话多么有深意，完全不像出自榆木疙瘩一样的他的口中，但想着父亲是一个如此痴迷木头的木匠，又觉得他理所当然能有这样的境界。

洪枫直点头，眼睛亮晶晶的，用一种近乎崇拜的眼神看着父亲。

洪枫成为父亲的徒弟，和父亲一起早出晚归，甚至住到了杜椿家。父亲给他打了一张松木的单人床，就放在杜椿的房间里，和他的床形成直角摆放，这一住就是五年，直到他出师。洪枫话多，人很勤快，头脑也灵活，深受父亲喜爱。他学手艺的同时，还帮助家里干农活，又讨好了母亲。他在家里如鱼得水，俨然杜家一分子。

青春期的杜椿叛逆得很，没有个读书的样子，门门课都难及格，特别是英语，常考个位数。初二升初三的那个暑假，父亲说："本来以为是椿树，没想到是棵泡桐树（泡桐树生长快，质地又轻又软，不适合做家具），你不是念书的料子，别念了，跟我学木匠吧。"洪枫说："好啊，这样我也有师弟了。"被父亲说，杜椿本是无所谓的，反正听习惯了，但他被洪枫的这句话激着了，他明确表态，绝对不会学木匠。之后，他用发愤图强为自己的未来开辟了一条逃跑的路径。

虽然年纪相差不大，住在同一个房间好几年，但杜椿和洪枫一直没有成为很好的朋友。没有洪枫的时候，父亲不怎么管姐姐和他，平时也很难说上话；洪枫来了，父亲依然不管姐姐和他，但他不再惜字如金，话变得多了起来，只不过说话对象是洪枫。堆满工具、木料和半成品木器的披厦里，总是传来他们使用工具的声音、说话声，偶尔还有笑声。

杜椿这时候发现，父亲对洪枫的关心和爱，胜过对他和姐姐杜桂。杜椿对那些夺走了父亲的关爱的木头无计可施，但对洪枫，他可以宣泄自己的不满。一次当父亲对着那些工具重重叹口气后说，传了三代的手艺，到他那辈断了的时候（姑姑和叔叔家的孩子们，也没有人接这个衣钵），杜椿戗他："不是还有洪枫吗？你不是说他虽然不姓杜，但就是'杜四'吗？"父亲竟然没有反驳，这更让杜椿生气，无形中将洪枫放在了敌对位置。

洪枫出师后，估计因为不好意思，没有再住在杜椿家，但并没有单干，还是和父亲一起做活。一开始还好，后来母亲也有了些怨言，当学徒的时候不拿工钱，但出师了还绑在一起，需要付他工钱，等于从父亲的饭碗里抢饭吃。父亲却不准母亲在洪枫面前说什么，还说她小肚鸡肠。

乡村木匠手艺衰落的时候，洪枫创办了一家半自动化木器加工厂，生意越做越大，潜川县城的好几个家具城的家具都是他在供应。母亲向父亲念叨："洪枫他现在生意做得那么大，怎么不念着你这个师父？给你在厂里搞个职位还不是他一句话的事。"父亲说："他做得再大，靠的是他自己的本事，和我这个师父有什么关系？"

30年过去了，还是在当年的位置，此时洪枫的双脚埋在地上一堆卷曲的刨花中，黑衣服上群星般散落着锯末，头发上还粘有一缕疑似蜘蛛网的东西。好久没见了，杜椿有点不敢相信，这个人居然是那个拥有一家半自动化木器加工厂的老板，毕竟之前去他的工厂参观过，他颇有大老板的派头。其次，杜椿以为修补这些木器，洪枫是要指派给别人干的，毕竟他的工厂里最不缺的，就是木匠。

"这大概是你们村里最后一个水车了，有了水泵后，这东西就淘汰了，很多人家都卖掉了，或者劈了当柴火，块头太大，占地方。"见杜椿不出声，洪枫又问，"椿儿，你车过水吗？"

杜椿想起高考后的那个暑假，他和父亲一起车水的情景。他和父亲一人在左一人在右，循环往复地用手拉动连杆，将水从池塘抽到一个叫五斗的田里，田里的晚稻秧苗插下去好几天才定根。他的胳膊酸痛得厉害，身上被蚊子咬了很多包。明知道他不感兴趣，父亲却还在喋喋不休地说龙骨水车的制作原理和特点：由车箱、送水叶片、车毂、手摇把组成；有两层，下层的叫木水池，上层的叫花格；水车用杉木最好，但取水叶片用柳树木最好。

眼前的这个龙骨水车，就是当年的那个吗？杜椿弯腰，用手摸了摸水车，心里有一丝触动："车过。"

除了父亲的工作间，老屋已经空了，还没来得及打扫，有让人心里一沉的狼藉。站在父亲和母亲曾经的卧房里，杜椿在心中还原着当年的场景，他站立的那个地方，以前是放床的位置，他和姐姐都出生在这间屋子的那张床上。

洪枫指了指房顶说："这上面的椽子需要再加固，再刷些防腐防虫漆。上面的瓦我看了一下，很多破损了，所以屋里好几处漏水，我看干脆换成红瓦吧，和小楼的也统一。"

洪枫后来说了很多自己的建议，比如：把原本的院墙修整一下，院门做一个徽派木雕的仿古飞檐门楼；院子里铺上木板；靠近椿树边，安一个六角凉亭；老房子原本的对开老式窗户不用换，但玻璃要换；地面是土质的，虽然很有历史感，但是潮气影响木器的存放，需要重新整理铺上地砖；外墙不动了，但内墙需要修整粉刷；老房子里就摆放日用木器，小楼里摆放农具；小楼的屋子还需要打通各个房间的内墙，这样方便游客参观……

"你觉得这样行不行？你也说一下你的想法。"最后，洪枫问杜椿。

过了这么多年，杜椿虽然对洪枫还是没有多少好感，但刚听完他这一通长篇大论般的规划，他不得不承认，洪枫是有工匠精神的。同时，他也发现，他和洪枫之间的差距，就在对一件事情的专注和热情上。洪枫仿佛永远有一腔热血，朝着一个又一个目标前进，和父亲学木工手艺的时候是，开木器加工厂的时候是，现在张罗这个陈列馆也是。而他，被朝九晚五困住，被一份又一份材料困住，被数据、契约困住，复制粘贴般重复着一日又一日，已经很久没有特别想做一件事的冲动了。

杜椿有些惭愧，说："这方面你是行家，规划得很好，一切你做主就好了，我也没什么想法，门外汉。"又怕他觉得自己说的是客气话，补充说，"我说的是真的。"

洪枫一迭声说："那就好，那就好。"

这时他们走进了工具间，和视频里看到的一样，墙上的工具错落有致插挂在那，屋子中央超大的工作台上，乱糟糟的都是板材、刨花、木屑、散落的工具，好像父亲正在忙，只是出去了一会儿，待会儿还要返回工作台。鲤鱼墨斗的班母也还吊在那儿，仿佛上一刻父亲正在拿它当吊锥测水平。杜椿拿起墨斗，抹了下鲤鱼身体上的灰尘，墨池里的墨早就干了，他小心地将墨线收回去。

"当年我还在你这个房间睡了好几年。"洪枫边感叹，边捡起桌上一张已经用过的砂纸，将工作台上的几缕刨花往地上刮。

工作台旁边还有一个倒装的电锯台，洪枫用手转动了一下电锯的转轮，说："师父的小拇指，是因为我才没的，要不是师父当时手快，被锯掉的，可能是我的左手。"

杜椿有些震惊，看着那个电锯的转轮说："这个我真不知道，我爸没说过。"这件事别说杜椿了，可能连母亲都不知道。他只记得那时候父亲说是使用电锯时，不小心造成的，但没有说具体过程，更没有说和洪枫有关。想来是怕母亲埋怨洪枫吧？

洪枫那时主动提出并承担下张罗陈列馆的事，杜椿有过猜测：他图什么呢？现在杜椿似乎有了答案，他可能是为了报恩吧，报父亲挽救了他的左手的恩，也报没有父亲就没有他现在的事业的恩。

杜椿沉吟好一会儿了，因为他不知道该用什么反应去应对这件事。

最终，他还是走过去拍了拍洪枫的肩，没有说什么，不管父亲当年为什么没有说明是为了救洪枫才没了小拇指，现在的洪枫又是抱着什么心态去揽这些事的，他突然觉得都没那么重要了，因为结果都不会改变。

看着有些被父亲使用过无数次的工具，木柄都包浆了似的泛着幽光，闻着工作间里淡淡的木材气味，杜椿心里一动，脱口而出："这里收拾一下，就当作木匠工具的陈列室，你看怎么样？"

洪枫从电锯上回过神来，看向杜椿："这是个很好的主意，到时候在每个工具边贴上标签，介绍说明一下，因为除了木匠，估计没人能叫得全这些工具的名字。我就说，你读书多，能想出好点子。"说完，又补充道，"师父若知道了，肯定很喜欢这个想法。"语调拔高了三分，带着欣喜。

杜椿与父亲最近的，也是最后一次冲突，与小楼和老屋有关。

那天，父亲突然打电话告诉杜椿，他想把那老屋和小楼整理一下，搞个木器陈列馆。在省城工作的杜椿已经半年没回去了，虽然从省城到潜川驱车只要一个半小时。但这次，接到父亲的电话，他第二天就请假回了一趟老家，他不知道父亲突然折腾什么，他有些懊恼自己没能早一些，至少在父亲开口之前说出自己的打算。杜椿有一个作家朋友，得知他老家有那么多闲置的房子，还有大片的桂花林，又在景区山脚下，觉得闲置着太浪费了，于是提议和他一起搞民宿，就是靠介绍的作家朋友来短租写作，生意也不会差。

推开老房子那扇虚掩的双开木门，杜椿喊了一声"爸"，在满屋子落满灰尘的木家具、农具的包围中寻找父亲的身影，那些残疾木器静静地看着他，默不作声。

父亲的声音从外面传来："是椿儿回来了吗？"

出得门去，杜椿看到父亲站在小楼的二楼阳台上，好像又苍老了一些。杜椿这才意识到，租住在小楼里的人已经搬走了，他仰着头对父亲说："房子都腾出来了，怎么没和我说一声？好歹这房子是我花钱盖的。"

父亲没有说话，转身后消失在阳台的楼梯口。杜椿想象得到，瘦小微驼的父亲正不紧不慢地扶着栏杆下楼梯。院子一角放着一个少了一扇门的三门橱，一条因为脱榫而歪斜的长条凳，这是村里人拿过来的，父亲乐于为他们修理这些老物件，更确切地说，是父亲愿意医治他所有生病的木器朋友。

父亲一边修那条板凳，一边将自己的想法告诉杜椿："现在景区的游客量挺多的，在村里搞一个木器陈列馆，让那些城里人，包括小孩子，认识一些快成为历史的农具、老式木家具，是很有意义的事情。"换了一个横档，打了几个木楔后，父亲坐在长条凳上，微微摆动身体试了试凳子是否稳固了，他指了指小楼："在几间屋子中间的墙上开个门，这四上四下，能放不少东西。"没等杜椿接话，他又看着老房子说，"老屋再稍微整一下，也能放一些。本来想大修一下，现在看，老屋本身也很有看头，现在这种老屋子不好找了，村里几乎都没有了。"

杜椿想到自己的民宿，一心想要阻止："你讲得轻巧，要花多少人力和财力？后续的事情更多，你一把年纪了，谁照看这个摊子？"

"我和洪枫商量过了，他很乐意帮我这个忙，他做事靠谱，也有能力。我盘算过了，我手头的积蓄用来修房子什么的够了，屋里的家具、农具修修还不够摆，样式也不全，但慢慢添置，不着急，先把摊子铺开。"

"这小楼我打算和朋友合伙搞民宿。"杜椿指了指小楼说。他想，这句话比"我不同意"更有反驳力。

"民宿是什么东西？"

"类似于旅馆，但也不是你想的那种旅馆……"

"在这里开旅馆，哪有生意？"

"没开怎么知道？"

"你不在家待不知道，景区就这么大，不是节假日根本没什么人来爬山，即使有人来，也都是本县或周边县的人，来回要不了三个小时，再爬个山，大半天足够，谁会住在这，钱多烧的啊？"

"你什么都不懂就瞎说！据说市里投了一大笔钱给这里，用于景区的周边建设，将来这里会大火的。现在人会利用双休日出来放松放松，又喜欢来这种自然景点呼吸新鲜空气，这里客流会越来越多的，开个民宿，生意绝对好……"

"你赚那么多钱干吗？"父亲打断他。

杜椿被父亲怼得心底的火腾腾蹿上来："那你一大把年纪了，还学年轻人瞎折腾，吃饱了撑的。说民宿没人住，你那个什么陈列馆就有人……"他没有继续往下说，因为他发现父亲的脸色非常难看，眼神中充满了复杂的情绪，失望？惊恐？愤怒？他不好形容。

父亲没再和杜椿抬杠，将手中的斧头往工具箱里一扔，砸到刮铲和锉子，哐当一声脆响，起身走了。

后来，母亲和姐姐杜桂都当说客劝过杜椿，意思是父亲一生都离不开那些木器家伙，现在老了，也做不动活了，他想搞那个什么木器陈列馆就让他搞吧。杜椿向来比较听母亲和杜桂的话，他退让了一步，但也有自己的坚持："那就让他搞吧，但是别打我那小楼的主意，我已经答应朋友，再加盖一层，搞个民宿。"

后来，因为疫情，不管是杜椿的民宿，还是父亲的木器陈列馆，都没了下文，他们似乎都借着这个理由，等着对方先妥协。父亲还是在用实际行动告诉杜椿，他没有放弃，他开着自己的三轮车，像个收废品的，跑遍了周边乡村，淘来很多木器老物件。

叔叔杜栋来找杜椿的时候，杜椿和洪枫以及几个工人正忙着安装院门的门楼。做红木雕刻，最重要的是眼睛，杜栋也老了，眼神不好使了，加上他家现在的条件优渥，几年前，他也就从苏州回来了，一直跟着儿子定居在省城。

"听说你在搞这个木器陈列馆，我回来看看。"叔叔说。

杜椿陪着叔叔四周逛了一圈，介绍了下陈列馆的情况。杜椿知道叔叔看到那些木器，心里也是很有触动的，这可以从他在一些木器前停留的时间,以及抚摸那些木器的手势中看出来。

叔叔站在一张木桌前,说:"这个是我打的。"

"我一直都不是很会辨别这些木器出自谁的手,这怎么看出来的?是这抽屉上的这个雕花吗?"杜椿拉开木桌的抽屉,又关上。

叔叔说:"不光是这个,你把抽屉抽出来,看看里面。"

杜椿抽出抽屉,弯下身子,将目光递进去,发现里面有一个暗格,他扒拉了一下暗格的推拉门,说:"这是用来藏家里值钱的东西的吧?"

叔叔颇骄傲地说:"对啊。"

叔叔后来发现了好几样他曾经打制的家具,发出感叹:"我还以为你爸只会收集'三杜'的东西呢!"

"怎么会呢?您手艺那么好。"杜椿说。他所了解的父亲也不是那样的人,木器在父亲眼中都是一样的,不会去分到底是谁打制了它,不然他也不会走村串巷收集来那么多不是出自杜家木匠之手的木器。

"怎么不会?他本来就看不起我啊,自从我去苏州后,他就更看不起了。当年,我邀请他去苏州,也是好心,你知道他怎么说的吗?"

杜椿看着叔叔,等待着他的后话。

"他说,钱我一个人挣就好了,他不能忘本,要守着村里,守着祖辈传下来的手艺。说得好像我是个叛徒,把杜家的木匠手艺丢了似的,就我见钱眼开,他有觉悟,他高尚。"

杜椿没有说什么,他知道这确实是父亲会说的话,但叔叔也过度解读了父亲的意思。这个时候,他不想和叔叔辩解什么,父亲都没有和叔叔说通的道理,他又怎么能说得通?

叔叔意识到自己这时候说这些不太合适,立即错开话头:"算了算了,不说了,都是陈芝麻烂谷子的事了。有什么我能帮得上忙的事情,你尽管说,我现在反正闲着也是闲着。"

父亲说得对，洪枫到底是一个做事靠谱的人，在他的满腔热情下，尽心尽力操持下，陈列馆很快就完工了。和他之前规划的一样，雕花的仿古飞檐门楼，六角亭，馆藏大大小小的木器物件有1800多件，其中不乏洪枫贡献出来的一些颇有收藏价值的老家具，其中一张民国时期的雕花床最吸引人。

父亲的工作间基本保留了原样，连一些半成品的木器、解过的板材也都摆放在那里。只是墙上的工具参照之前的陈列方式，三面墙体上各增加了几排木条，工具分布更为稀疏均匀，每个工具下面都贴了一块标识牌，标明它叫什么，是属于采伐工具、解木工具、平木工具、测量工具还是雕刻工具，考虑到有小学生来看，甚至还注了拼音。

木工工作台中央，做了一个四方的玻璃罩子，里面有一个红木的浪花形底座，浪头上，站着重新上了清水漆、生机再现的鲤鱼墨斗。底座的标识牌上写着："画线工具：墨斗。制作人：杜松。"

刚生二宝没多久的姐姐杜桂回来了，一直在县城照顾她的母亲也回来了，站在这个墨斗前，母亲噙着的眼泪终于落了下来。

杜桂递过来一张纸巾，说："妈，这大好日子，哭啥？"

母亲说："高兴的，高兴的……"

开张的这天，除了村民和游客，镇里、村里以及景区的领导都来了，给予了肯定和表扬，说现如今已经实现了现代化，从以前的贫穷落后，到现在的繁荣富强，这个历程本身就是记忆，也是文化，传承传统农业文化具有重要的意义，杜椿是在做一件功德无量的事情。

杜椿也是在那一刻，非常明确地感受到父亲的良苦用心。

洪枫请来了县里的多家媒体，对陈列馆进行了宣传和报道。县电视台记者扛着摄像机拿着话筒要采访馆长的时候，杜椿推出了洪枫，洪枫却无论如何都不肯出镜。

洪枫后来说的一句话，让杜椿想到父亲那句关于木工工具的深奥名言。他对杜椿说:"我希望没能成为'杜四'的你,能将'三杜'精神,将传统木器文化发扬光大。"

杜椿说:"在我爸心目中,你就是'杜四',我现在也觉得,你担得起这个名号。"

第二天,杜椿拍了很多陈列馆内内外外的照片,洗印了出来,洪枫备了酒菜,他们一起去往后山。山林飒飒,山顶寺庙里的梵音若有似无,无数树木正在散发属于自己的气息。杜椿看着那些树,在心里一个个叫着它们的名字:松树、杉树、榉树、栾树、野柿树、葛藤……

一座新坟前,两棵柏树静静地站立着,姿势端正,守着的似乎不仅仅是那座坟。

摆好贡品和碗筷,斟好酒,点燃一沓黄表纸,杜椿和洪枫将那几十张照片一张张投入火中。洪枫说:"师父,您交代给我们的任务完成了,您还满意吗?"火光在他的眼中跳跃,跳出了晶莹的光。六个月前,父亲突发脑溢血,倒在了工作间里,倒在了他投入了一生的热爱与精力的木头身边。面对着病床上已经失去语言功能与思维的父亲,洪枫说:"师父,您放心吧。"那时候,他的眼中也有晶莹的光。

杜椿说:"爸,陈列馆免费对外开放,我请了叔叔照看,他是最合适的人选。"

火光舔舐着照片,舔舐着那些木器和工具,舔舐着鲤鱼墨斗,舔舐着六角亭,舔舐着气派的门楼上香椿木的牌匾上叔叔杜楝雕刻的"三杜木器陈列馆"几个朱红大字。

相片迅速翻卷成灰烬,在灰烬之上,那些木器的轮廓影像依稀可辨,有风起,带着无数树木的香气,将灰烬吹散,锯末一样在父亲的坟头起舞。

出走的语言

一

他骑着电动车带着昊昊，穿行在上班的人潮中。电动车的电好像不足了，把手已经转到底，也不见提速。身后的昊昊双手揪着他腰两侧的衣服，不断地扯拽，一定是在说："爷爷，快点，要迟到了。"这句话不是耳朵听到的，是心听到的。他的耳朵里面嗡嗡的，就像站在一间空荡荡的阔大的房间里，明明没有声源，却有余音环绕，频率无变化，一直保持同一种微弱的声频，将整个人包围。

在一个十字路口，一个穿着制服的交警拦下了他，对他说了很多话。他没明白交警在说什么（或者是没听到），直到交警指了指他的头，又拿出一张罚单，在上面写下什么，他才反应过来是因为没戴头盔，要交罚款。昊昊又在扯他的衣服，他想，不行，这样昊昊真的要迟到了，于是趁着交警写字的时候，他拉着昊昊弃车逃跑。跑着跑着，不知怎么跑到了茶树坡的一条田埂路上，他一看不对劲，回头看了一下昊昊，发现手里牵的哪是昊昊，而是那个跟了他几十年的拨浪鼓。环顾四周绿油油的农田，他想，昊昊是不是在和他玩捉迷藏，躲在了稻田里？于是他用力摇那个拨浪鼓，又用尽力气喊："昊昊！昊昊！"但拨浪鼓什么声音都没有发出，他自己什么声音也没有发出。再看那绿油油的稻田，他伸手摸了一下稻叶，心想，不对呀，都入冬了，稻子怎么才扬花？

郑水生动了一下胳膊，再努力睁开眼睛，侧头看着窗帘外微明的天色，把梦重温了一遍，搓揉了下手指，稻叶带来的扎人触感还在。已经很久都没有做梦了，他一点一点地将自己的身体和意识从梦境的池塘中打捞出来，好一会儿，才轻轻地掀开被子，再慢慢放下腿，套上袜子，抓了衣服，提着拖鞋出了卧室，带上卧室门的动作缓慢，但从快合上的缝隙里，他看到了老伴巧珍艰难翻身的动作。还是吵醒了她，他想。

他关上厨房的玻璃门，淘米煮了小米粥，蒸锅里蒸了玉米、南瓜、一个香蕉包、一个烧卖、五个鸡蛋，这是一家五口人的早餐。喝了一杯温开水，换上一件宽松的广告衫和一条运动裤，左手戴上运动手环，右手小臂上缠一块毛巾，再穿上跑步鞋。关上防盗门的那一刻，他咬着后槽牙，绷着身体，仿佛那样就能够把锁舌发出的啪嗒声降个八度，像个掩耳盗铃的人，只是他知道"铃"会发出同样的声响，而他的"掩耳"只是一种下意识的行为。

声音真的是一个很神奇的存在，是大是小，是噪声还是乐曲，由发出者和接收者之间的距离决定，同时还会受接收者的心态影响。但在郑水生这里，声音还有另外一种呈现方式，因为他的耳朵在接收声音方面与一般人有差距，那个差距虽然不大，但人与人的矛盾却从那里滋生出来。

以前郑水生虽然耳背，但不影响正常交流，交流受阻是感染新冠康复后的事情。儿媳玉娴带他去看过医生，前后配了两个助听器，第一个噪声大，听不清，后来换了一个价格更高的，戴了一段时间后，与人交流仍然受阻。医生说，长期的听力问题会导致言语识别率下降，即使耳朵接收了声音信号，也无法正确转换成对应的文字，从而导致听到声音但听不懂说话内容。

玉娴常说："爸，你早上能不能出去迟一点，或者你动静能不能小一点？"郑水生嘴上应着，心里却在想：我发出什么声响了吗？明明刷牙洗脸、煮早饭都关着门。玉娴仿佛听到了他的心里话，说："你认为的那一点点声音，在我们听来，就是很大的噪声了。"

儿子郑越也常突然中止和他的对话："别问了，一两句说不清，费嗓子。"

慢慢地，郑水生把自己的语言都囚禁在了腹中牢狱，并且将一大部分都判了无期徒刑，只在必要的时候才把那些不会对任何人造成伤害的语言假释出来，而它们大都是些不成气候的家伙，孤军作战也掀不起风浪，诸如：哎、啊、好、嗯、行、可以、马上、没事。

昨天，他在昊昊的科普读物上看到一篇文章《哪些声音，人类听不见》，文章说人类只能听到 20～20000 赫兹的声音，低于 20 赫兹的叫"次声波"，高于 20000 赫兹的叫"超声波"。相比于超声波，次声波更危险，因为人体内的各种器官有固定为 3～17 赫兹的振动频率，当人类遇到接近人体器官振动频率的次声波时，器官会共振，从而产生心跳加快、头晕、恶心的不适感。这让郑水生对声音有了新的认知，想来他听不到的那些声音，对他都是仁慈的，没有给身体带来不适。文章还说，昆虫交流的方式，除了声音交流，还有视觉交流、触觉交流、气味交流。之后他一直在想，人类应该也是具备这些交流能力的，那为什么一定要依靠语言交流呢？反正有了智能手机和网络，人类交流的方式本来就改变了，甚至交流的时间也被压缩得所剩无几。手机已经成了人们身体和精神需要的重要组成部分，人一旦和手机分开，会产生不适的生理反应。

进了电梯后，郑水生的身体和思想才自在起来，做了几个扩胸运动。出了单元门，雨后泥土的味道扑鼻而来，他这才知道下雨了，仰着头感受了下雨滴的大小。他就是出生在 1955 年冬季的一个雨天，所以才有了这个名字。雨点不大,但细密,如果拿上帽子就好了。但他并不准备再上楼,上楼意味着要重复开门、关门的动作,并且发出声音,而且是两道门。今天立冬,但昨天的最高温度还是 29 摄氏度,今天骤降,最低气温只有 5 摄氏度,空气中带着丝丝冷意,往人的身体上撞,仿佛要穿透皮肤,到达体内,给人一个下马威,宣告冬天正式来临。在这儿,春天和秋天都很软弱,害怕夏天和冬天的淫威,总是被欺负得匆匆露个面就落荒而逃了。

郑水生看了一眼运动手环上的心率和血压,整理整理手腕上的毛巾,活动一下腿脚,开始了今天的晨跑。每天晨跑的这个习惯,是从四年多前开始的,确切地说,是从他来到这个城市的第三个月开始的,除非极端恶劣天气,或者身体极度不适,才会中止室外晨跑。而跑步里程也从 3 公里、4 公里、5 公里慢慢增加,定格在 10 公里,已经快一年了。微信运动的排行榜,他总是第一名,虽然他没有几个微信好友,但那个排位,以及几个点赞,还是给了他动力。他很享受奔跑起来后,脑袋被耳边呼呼的风,以及胸腔里怦怦作响的心跳声占据的感觉,仿佛那个世界,除了他和风之外,别无他物。他从没想过,心跳源于内部感受,但是外部的风声在他的耳中为什么没有变弱?后来他发现,风声和心跳其实是为了回应他脑袋里那些没有说出口的话。

他晨跑的固定地点是明月公园,离小区不远。公园是依托明月湖建设起来的,打造成了全民健身中心,围绕明月湖外围的跑道跑一圈,差不多有 5 公里。牌有牌友,棋有棋友,跑步也是有"跑友"的。他在这个地方跑了好几年,也结交了一个"跑友",每次遇上,点个头奉上个笑脸,或者招一下手,也不多说话,各自就被不愿停下的双脚带走了。对方是一个比郑水生还大 5 岁的老大哥,有时候他的老伴也和他一起来。那是一个优雅的老太太,从背后看,如果不是那盘成一个发髻的满头白发,身材和穿衣完全看不出是一个快 70 岁的人。如果巧珍和她站在一起，大概像一个土陶罐边立了个修长的白瓷瓶。她总是在后面慢悠悠地走着，用近乎崇拜而又温柔的目光看着老大哥跑动的身影。老大哥总是跑着跑着就光了上半身，然后把那件能挤出水来的衣服系在腰上。他的身形一看就是练家子的，身上虽有老年斑，但肌肉却还结实，跑步的姿势也很专业，也是他告诉郑水生，跑步的时候身体应该直立前倾，肩膀自然下垂，脚前掌应先落地，呼吸的频率应该和步频协调，甚至手臂弯曲的角度、摆动幅度的大小都有所讲究。他参加过好几次全程马拉松，都顺利地跑了下来，最好的一次成绩是 4 小时 45 分钟。前几天碰上了，他说过一段时间合肥有一场马拉松，还邀请郑水生一起去。郑水生婉拒了，他觉得自己肯定不行，就不去凑热闹了。老大哥说："就在你们安徽呀，你怎么不去试试？跑个半马也行呀。"

到达公园入口，郑水生看了一眼跑道，目光所及没看到老大哥。他拿出手机，看了一下微信消息，除了群里的问候，也有几个老战友老同学给他发来了早安的问候，大部分是一张色彩艳丽的动态图片，也有小视频。虽然知道是群发的，他还是拍了一张有树木、晨曦初露的天空、湿漉漉的蜿蜒的步道的照片发给他们，并回复道：美好的一天从晨跑开始。

跑了不到 1 公里，他就觉得左腿有点不对劲，膝盖那儿像有一根筋短了一截，牵扯感让他跑步的动作变得有些别扭，让他想到在茶树坡时巧珍养的那只跛脚鸭。他不得不停下来，踩住路边一个石头，做了几个压腿动作，又揉了揉膝盖，但症状没有缓解。他决定明天去菜市场买菜的时候，在地摊上买一对护膝试试。以前玉娴说要给他网购一对护膝，他拒绝过，说那东西紧绷绷地捆在那儿，肯定影响跑步。

前段时间玉娴说："人老了，得服老，再这么跑下去，半月板迟早出问题。"他笑着说："没事。"自己的身体自己知道，跑步是有技巧的，不懂技巧的人才会伤膝盖，这也是老大哥教他的。玉娴没有和他就这个问题多说什么，只是补充说："钙要记得吃。"但实际上，钙上个月就吃完了，玉娴没问，他也没和巧珍说。

郑水生和巧珍没来这个城市和儿子住在一起时，玉娴这个儿媳是没话说的，孝顺得胜过很多人家的亲生女儿。她给他和巧珍买衣服，买鞋子，买钙片，买奶粉，买血压仪，买按摩仪，那个运动手环也是她买的，逢年过节、过生日，钱也没少给。从前她对他们的关心，以付出金钱的方式体现出来，但是住在一起四年多，她在为他们付出金钱的时候，却从中剥离了从前的那些真正的关心。

这一年来，郑水生也感觉到体力确实不如从前了，他知道自己老了，只是他还不想承认。他们住在 18 楼，之前除了每天跑步 10 公里，他还能上下 18 楼各一次，但一年前就完成不了了，上楼梯到 10 楼的时候就喘得不行，下楼梯倒是能完成，但速度比之前慢了 2 分多钟。这一额外的锻炼，也就慢慢停下了。不说体力和耳背的事，原本 1 米 7 的身高，现在只剩下 1 米 67，如果用目光丈量，还要更矮。他觉得偷走他 3 厘米身高的，不仅仅是时间，还有来到城市后的生活。他对晨跑形成一种心理和身体上的依赖，也有这个原因，他想要用锻炼来给身体铸造一副铜墙铁壁，抵御时间的收割和这压抑生活的摧残。

今天因为左腿，郑水生没有跑完 10 公里，回去的路上，他的目光还是在四周巡睃，看有没有纸箱、易拉罐类的废品。跑步的时候，他把风声和心跳当作谈话对象，而寻找废品，他觉得就是在寻找自己的一部分。照顾巧珍，负责一家人的饮食、家务，这是他的家庭责任。但跑步和捡废品，是他个人的事。一个人，总要有一点事是为自己做的。

郑水生曾经在茶树坡的老街上经营过"老郑回收站"，巧珍守着铺面，他就开着电动三轮车，走村串巷收废品，再种几亩薄田，日子过得充实而安稳。他不像别人，收废品用录音小喇叭吆喝，而是带着那把久经风霜的拨浪鼓。拨浪鼓由来已久。在此之前，他曾是一个挑货郎，到了一个村子，选择村口或者村中央的平坦地带，车往那儿一停，拨浪鼓一摇，就像一个发出号令的蚁后，不一会儿那些婆婆婶子就蚂蚁般挑的挑，扛的扛，朝他拥来。要不了一个小时，"蚁穴"四周就堆满了学生的旧书、纸壳、塑料瓶、破铜烂铁，偶尔也会有一些大家伙——坏掉的电风扇、电饭锅、洗衣机。基本隔十来天，一个村子就能喂饱一个车厢，他简单进行分门别类，码到车厢中，再用麻绳捆扎固定好，回到茶树坡老街。

他就用这把拨浪鼓，一点一点摇着日子，一点一点积攒着，供郑越从小学生到研究生，从小山村到大城市。

二

郑水生和巧珍之所以和郑越他们住到一起，是因为那年玉娴要去外地脱产学习三个月，郑越要上班，无法照顾正在上幼儿园小班的昊昊。当时玉娴的意思是巧珍一个人过去帮忙，但巧珍是那种在城里出门就不认识家的老太太，她觉得自己一个人无法胜任接送昊昊上下学的重任，又说现在坏人那么多，要是遇到拐卖儿童的人贩子，她怎么应付得了？

郑水生问郑越能不能让昊昊的外婆过去帮衬一阵子，没想到郑越直接说："玉娴她妈不会来的，玉娴那个弟弟刚上高中，再说了，玉娴也不想让她来。"

郑水生知道，玉娴和那个弟弟是同母异父的关系。

郑越和玉娴是研究生同学，在皖籍校友聚会的时候认识的，在同学们的撮合下，不温不火地谈起了恋爱。玉娴的父母早年离异，各自成立了家庭，得知玉娴和郑越谈恋爱，又见了一次郑越后，都持反对意见，觉得郑越是农村人，家世不行，父母竟然还是收废品的，人也长得不怎么样，近视那么厉害，话又少，一定是个书呆子。但他们这些年对玉娴的事鲜有过问，现在出来指手画脚，玉娴很气恼，想不明白三观如此一致的人怎么会离婚。是他们的反对意见，让玉娴决定嫁给郑越。干预不了玉娴的选择，他们也就没有多管了，或者说，也不是很想管。这些年，玉娴和他们的来往也寥寥可数，偶尔微信视频，陌生又尴尬，要不是有昊昊在中间充当话题，玉娴和他们三句话都说不下去。

最后是郑越拍的板，让郑水生关掉废品站，老夫妻俩一起过来带孙子。郑水生起先是不愿意的，觉得自己还年轻，还能干些年头，其次，废品站那一个大摊子，不是说关就能关的。

郑越说："到底是你的废品站重要，还是昊昊重要？你们要是不来就算了，大不了我就一个月花一万块请个住家保姆好了。"前一句是感情牌，后一句是经济牌，两句话都击中郑水生的要害。孙子当然比废品站更重要。请一个保姆一个月居然要一万块，他们去了，这钱不就相当于他们挣回来了吗？不支出就等于攒钱，这个道理他懂。后来他才知道，郑越运用的是激将法，一个月一万块的保姆费，对郑越来说，很有压力。

很多习惯郑水生和巧珍都能改，进门换鞋子、勤洗澡换衣、和昊昊说话要用普通话（虽然他们的普通话只不过是语速慢一点、吐字清晰一点的方言）。但他看到纸箱、易拉罐、矿泉水瓶子等能变现的东西走不了路的习惯改不掉；巧珍改不掉种菜的习惯，大阳台的花盆里，总是生长着几棵白菜、一撮葱、一把蒜苗，几个泡沫箱里，今年还长着三株青椒，前后居然还结了十几个青椒。大概是土壤肥力不够，不见风雨不见星光，青椒都像侏儒。坐轮椅这一年多来，巧珍除了待在卧室，就待在大阳台，她看那些蔬菜的眼神，比看昊昊还要温柔。

除了大阳台，北面还有一个小阳台，基本是闲置的。起初，郑水生一点一点把那些废品带回家，码放在小阳台。玉娴学习期间一次回家，打开门，看到正对着入户门的小阳台的门被穿堂风吹开了，一个快装满的蛇皮袋被风吹倒，瓶瓶罐罐滚了一地，踩扁的牛奶盒里的残余牛奶已经变质，一股馊腐味弥漫开来。说话一向知道分寸的玉娴当即就黑了脸，话是对窝在沙发里打游戏的郑越说的："我才离家一个月不到，你们就要把家里变成垃圾场吗？门一开就看到这些垃圾，晦不晦气？"

郑越茫然地看了眼玉娴，云淡风轻地说了句："我说过，没用。"说完就又低头在手机上厮杀了。郑越之前确实阻止过郑水生，因为有天他傍晚下班回来的时候，发现郑水生拿着个前面扭了铁丝钩子的扫把手柄，在小区的垃圾桶里翻翻捡捡，他很生气，觉得郑水生的行为给他丢脸了。郑水生看郑越那么大的反应更生气，他觉得在这人生地不熟的地方，没人认得他，再说他以前就是个收废品的，现在捡点废品怎么了？又不偷不抢。

那时候郑水生的听力还可以，第一次看玉娴生气发火，起因还是他，觉得老脸无处搁，说了句："我们马上拉走。"说完就和巧珍把那些废品拖去卖了。

那之后郑水生消停了几天，但却像戒赌的人，手痒心痒得厉害。

后来，他发现郑越的地下车库边有一个小小的储藏室，之前堆放的都是一些杂物，收拾了一番后，辟出了一块空地，用来堆放纸板和瓶瓶罐罐。牛奶盒再也不捡了。一般攒到差不多有 20 公斤的时候，他就会趁着郑越不在家，用两个轮子的行李架拖去废品站。

关上门需要小心翼翼，打开门却需要勇气，至少需要深呼吸一次，才能避免自己像一个鲁莽的闯入者，打破屋子里的安静。今天却不是，当郑水生湿漉漉地站在玄关换鞋的时候，他才发现玉娴还没去上班，大概在教育昊昊，母子俩的表情一个愤怒，一个不知所措。玉娴还从昊昊的书包里掏出来一些皱巴巴的奥特曼卡片、军棋等小玩具，一股脑儿丢在茶几上。

他尽量降低自己的存在感，蹑手蹑脚地走向卫生间。

昊昊像见到了救星，用眼神拉住了他的脚步："爷爷，送我去上学吧。"

"啊？"他猜到昊昊的话了，但还是下意识确认。

"送我去上学！"昊昊喊。

"好。"

玉娴对昊昊说："不是和你说了？今天我不上班，我等下开车送你。"

"可是我想坐爷爷的电瓶车去上学，能摸到风。"昊昊很喜欢坐在郑水生的电瓶车后座，做大鹏展翅状摸风。为了安全，郑水生常带他绕路，走人不是很多的地方，让他摸风。

"摸什么风，外面在下雨！"玉娴转头又大声对郑水生说，"我送昊昊！"

郑越带玉娴第一次见他们的时候，她就叫了他和巧珍"爸、妈"，即使昊昊出生后，她也这样喊，没有改口。随昊昊叫"爷爷、奶奶"好像是他们住在一起后的事。现在，玉娴一天和他们说不了几句话，却把"爷爷、奶奶"的称谓也慢慢省略了。

"啊，好。"他回过神来，冲着玉娴歉疚地笑笑。

玉娴抱臂继续对昊昊说："快收拾，从书包和文具盒里是可以看出一个学生的学习态度的，书包和文具乱的学生，学习一定不会好，知道吗？以后别让我看到你书包这么乱。"

昊昊低着头说："知道了。"

"快去吃饭，牛奶喝完记得刷杯子，杯刷记得甩干水再挂起来。"玉娴吩咐。

郑水生洗完澡出来，玉娴已经带着昊昊走了。卧室里巧珍正在敲床头，那是在说：我要起来了。巧珍不是喊"老头子"，而是敲床头，郑水生知道她今天的心情不太好，阴雨天的原因，她的关节一定又疼了。他走进卧室，冲巧珍笑了笑，将放在门边的轮椅推到床边，半搀半抱着巧珍由床上挪到轮椅上。

巧珍呼哧呼哧喘着气，坐到轮椅上后，又连叹了两口气。虽然她什么都没有说，郑水生却好像什么都听到了。一个曾经多么能干的女人呀，不知疲倦的陀螺一样，家里家外都被她打点得井井有条。现在，那双曾经走路带风的腿脚还在，却失去了它们最基本的功能，只能依附于轮椅。被轮椅困住的，不仅仅是双腿，还有巧珍的语言和笑容。

舌头在口腔里打了个滚，还是没能打开囚禁语言的门，郑水生吞咽了一下口水，把那些想要暴乱的语言又送回了腹中牢狱。他将巧珍脸上的一缕花白头发拢到耳后，又顺势在她的脑后摸了摸，带着安抚性质。所谓老夫老妻，就是熟悉了彼此的生活方式、气息，还有即使什么也不说，一个眼神就能读懂的心里话。也好，不说话的交流，就在他们之间先试行吧。

巧珍离开茶树坡没多久，腰痛、腿脚发麻的毛病就愈演愈烈，一直发展到小便失禁，去医院一检查，才知道是腰椎内部的核髓突出，压迫到神经根和脊髓，必须进行手术。一年半前做了手术，一根钢钉永远留在了那里。手术还算成功，恢复却不尽如人意。术后的大半年巧珍基本都是在床上度过的，现在扶着墙可以走几步路，但她整个人的精神状态一直不是很好，脾气也变得古怪，医生建议她多锻炼，她也不听。她说一大把岁数了，还要学着小孩子蹒跚学步，别人会笑话她，不愿意出去丢人现眼。出院不久后，玉娴给她买了康复训练器材，但她在几双充满期待的眼睛的注视下摔过几次后，就再也不愿意继续训练了。

看着落了灰的康复器材，玉娴也对郑越发过牢骚，花了不少钱，却成了摆设，还说巧珍闹脾气耍小性子不锻炼，郑水生也惯着她，还波及郑越，说郑越的懒病也是他们惯出来的。

洗漱的时候,巧珍打翻了洗脸盆,弄湿了裤子。给她换裤子的时候,郑水生摸着那双腿上如水面荡起涟漪般的皮肤,心里一阵发紧。这一年多来,巧珍在加速枯萎,像一枚脱离枝头,从内部开始腐败、外部失去水分的水果。他再一次产生了不能把"过日子"变成"挨日子"的想法,有些事情是不能等等再说的。

帮助巧珍坐到餐桌上,刚将小米粥、南瓜、鸡蛋端到她面前,郑越就顶着乱糟糟的头发打开了卧室门,趿拉着拖鞋去往卫生间。也不知是因为没戴眼镜还是没睡饱,他眯缝着眼睛冲他们说:"一大早,乒乒乓乓的,好不容易休息一天,也不让人睡个安稳觉。"说的是普通话。

巧珍连瞟都没有瞟一眼郑越,郑水生也专心喝他的小米粥,喝得呼啦啦作响。他在想郑越说的话,并不是想那些话的内容,内容他没听清,他在想郑越为什么说普通话,对玉娴和昊昊说普通话还可以理解,为什么要对他们也说普通话呢?

郑水生想到刚来这儿的时候,他和巧珍说方言,对昊昊也说方言,玉娴说他们私下说方言没关系,但是孩子在的时候,特别是和昊昊交流的时候,一定要说普通话,昊昊正是学习语言敏感期,不能把他带偏。他很不理解,怎么能叫"带偏"?昊昊已经不会说老家方言了,至少要让他听懂吧?但是他理不理解不重要,重要的是他和巧珍只能顺从,他们不想惹玉娴不高兴。说了大半辈子方言的他们,像个学童一样,逼不得已开始了普通话的训练,但是心有余而力不足,不管怎么训练,"鞋子"仍然是"孩子","睡觉"是"睡告","吃饭"是"七饭","会员"是"或员","比萨"是"比恰",总惹得玉娴又气又恼。后来,他们只能减少说话的频率,也就减少了出糗的机会。

郑越从卫生间出来,砰的一声,把门关得很响,他并没有来吃早饭,又走进卧室,房门再次砰地大叫了一声。

这两声郑水生都听得清清楚楚。

日子是从什么时候开始过得这么地动山摇的呢？

三

郑水生收到了既是发小、同学，又是战友的郑小山发来的微信语音，郑小山问他什么时候回茶树坡，还拍了一小段他家院子里的视频——枯枝败叶一地，水泥地坪的缝隙里，生出了几株半人高的艾蒿，在视频里向他招手。

估计得冬至才回去了。他回复郑小山。

本来郑水生还想问一下郑小山的情况，但又觉得那不是一两句话就能说清楚的，就像他现在的状况。别人眼中的他儿孙绕膝，在大城市享福，见了大世面，有什么可抱怨的呢？

前几天，郑小山的儿子联系郑水生，说郑小山现在非常不可理喻，酒瘾特别大，喝多了就找他吵架，要不就在村子里多管闲事，让他去城里又不愿意。早点铺刚关没几个月，现在又闹着要开起来，实际上根本挣不到钱，夏天的时候他还被滚油烫了脚，住了好几天院，住院费不知抵他卖多少个米饺。最后他还这样定义郑小山：老神经了。

郑水生把手机音量开到最大，抵在耳边听，听完他并没有发表什么言论，只回复了一个字：好。他是理解郑小山的，他们这辈人都是忙碌的命，闲下来，不被社会和家人需要，觉得日子没意思了。他还好一点，有巧珍做伴，郑小山的老伴去世估计得有十年了，这些年过得不容易。

他也想过，郑越在外面是怎么定义他和巧珍的呢？——我爸呀，顽固得很，耳朵又背，生活在一起说话都费劲；我妈呀，自从做了腰椎手术，一直坐轮椅，人也变得古怪。能怎么办呢？就这么过吧，这就是我作为独生子的难处。郑越绝对能说出这样的话，他早就不是当年那个挑灯夜读，备战中考、高考，有上进心的人了，他现在连辅导昊昊的作业都没有耐心，只对游戏情有独钟。

郑水生和郑小山同岁，两家在茶树坡是邻居。他们俩小学、初中、高中都是同班同学，那个时候的高中生稀少得很，1973年又一起去西安当了工程兵。村里人都以为他们一定前程似锦，有一番大作为（郑水生是在部队和巧珍结婚的，巧珍甚至在部队还待了一个多月），至少不会再回到茶树坡这个小地方，但两人一前一后都退了伍，回到了茶树坡，娶妻生子，耕田劳作。郑水生开废品站的时候，郑小山也开了一个早点铺，郑水生丢下废品站去郑越那儿的时候，他还在守着早点铺，新冠疫情闹得凶的时候，早点铺才关门歇业了。

人生真是不经过呀，稍微掰扯下手指头，就这么掰扯完了。近来，郑小山常常对郑水生说这句话。

郑小山又发来一张旺财的照片，郑水生心里一凛，放大图片，凑到眼前仔细看。旺财脖子上拴着铁链蜷缩在那儿，头平贴在地上，目光呆滞，眼云翳严重，两团眼屎糊在眼角，眼角多了两撮白色毛发，后背上也有一撮。他在心里叹：原来狗和人一样，老了也白头。

"最近旺财不怎么吃饭了，它和我们一样，也老啦！"这是那天郑小山在微信里对郑水生说的最后一句话。

旺财是那年郑水生家遭了贼，丢了一笼子鸡鸭和一壶菜籽油后，从邻村抱回来的，黑乎乎的一团，因为刚破了财，所以取名旺财。

旺财很聪明，曾救过他的命。

那是一个冬天的夜晚，他在同乡一个战友家喝酒，散场后骑着三轮车回家，醉醺醺的他在乡间土公路上连人带车栽到了田沟里，车压住了半个身子，身体很痛，但他已经没有爬起来的力气和意识了，迷迷糊糊的时候，感觉到有人在拽他的袖子，脸上还有温热的触感，直到"汪汪汪"的声音在耳边响起，他才清醒了些，挣扎着从泥沟里爬出来，旺财引领着他在寒风如刀的深夜跌跌撞撞往家走。

人生一年,狗生七年。从抱回那个黑团团到现在,已经17年了,如此算来,旺财已是119岁的长寿老人了。

四年多前,郑水生和巧珍离开茶树坡时,想过把旺财带上,但玉娴说,这狗不能养在城市,她和昊昊也都对猫狗的毛发过敏,家里更不能养狗,他不得不把旺财托付给郑小山。后来郑小山告诉他,自从他们走后,旺财一直守在他家门口,还经常去村口蹲守。送到它面前的食物吃得很少。这种情况持续了一年才有所缓解,旺财终于把郑小山家当成了新家。它第一次在郑小山家的锅灶底下过夜时,郑小山还激动地给他打了电话:"喂养了旺财两年,才终于把狗心收买了。老古话说'猫是奸臣,狗是忠臣',不是没有道理。还有哦,'猫来穷,狗来富',好像也是真的,我家那小子现在生意做得也不错。"

午饭是郑水生做的,豆皮肉丸汤、土豆丝、凉拌菠菜,还有昨天剩下的半盘子红烧排骨。刚坐上饭桌,郑越就打着哈欠说:"怎么都这么清淡,不下饭?"

他们家从前的饮食一直清淡。玉娴虽不是川湘妹子,但酷爱吃辣,与她的性格不匹配。但凡周末她在家,必定是要做几道红通通的菜,诸如香辣虾、辣椒炒肉、麻辣香锅之类,火锅店更是她常常光顾的地方。家里的冰箱上层也成了牛肉酱、虾米酱、干锅酱、老干妈酱、剁椒酱等各类辣酱的领地,甚至有扩大地盘的趋势。

郑越从冰箱拿出了一瓶剁椒酱。郑水生看着他从瓶里挖出一大勺辣椒,铺在雪白的米饭上,就觉得胃部烧得慌。他想到郑越小时候可是连一点辣椒都吃不了的,连微辣的青椒肉丝都不行。不过也是,人都会变,何况人的口味。

郑水生给巧珍盛了肉丸汤。他自己其实一点食欲也没有,但不想表现出太多异样，去应付巧珍的关心，于是盛了半碗米饭，就着菠菜，吃得很慢。得知旺财食欲不振、精神不济，他有点心神不宁。原来"老"来得这么突然，就像他自己，他一直认为自己虽然是60多岁的人了，但是"老"和他不沾边，他能够接受新事物（当然这也要感谢手机和网络），常年运动，除了耳背，身体素质比郑越还要好，但是现在，他对自己的这个认知产生了怀疑。

这几天，他想回茶树坡的念头越来越强烈了。人说叶落归根，他不想等到真的要落了才回到根那里。

在茶树坡的日子，除了和那些废品打交道，闲暇时还能和郑小山他们几个老伙计一起打打牌、唠唠嗑。但几年前，有两个老伙计一个年头、一个年中都见了阎王，年头的是肝癌，年中的是被蜱虫咬的。患肝癌的那位因为上年就知道了，几个老伙计也有个心理准备，但被蜱虫咬的那位，从被咬到死没几天，谁也没想到被那么小小的一个虫子咬了，竟然送了命，一想起这个老伙计，他们都要感叹一番生命的脆弱，真的是连草都不如。得知郑水生也要走，郑小山也埋怨："就把我一个老家伙丢在这儿了。"

郑水生一直都知道他和巧珍错过了回茶树坡的最佳时间。凡事都是讲究一个时机的，像以前收废品的时候，最好选择傍晚做晚饭前去村子里，那时候，村子里的婆婆婶子们都从田地里回来了，而且还没做饭；需要谈价格的物品，不能松口第二次，那样的话，别人会以为你有很大的利润空间，从而影响信誉。那时候玉娴学习回来，他和巧珍就应该立刻回茶树坡的，只是郑越说："反正废品站都关掉了，回去干吗？马上就过年了。"于是就多待了一段时间，紧接着，疫情开始了，直接把人关在了这儿。一年多前，巧珍的腰椎又出了问题，手术，康复，一直到现在也没有好彻底。

饭吃完了，郑水生盯着空碗说："旺财……"但又忍住了后半截话，即使他多么有表达欲望，也无法说出一个长句子。

郑越茫然地问："旺财是谁？"他正在啃一块排骨，啃完将骨头丢在骨盘里，抽了一张纸巾擦了擦嘴和手。没人回答他这个问题，但这时他想起来了，就说："老家那条狗吧，那条狗居然还在啊？够长寿的。"

郑水生看着郑越满不在乎的样子，有些来气，脸色沉了一下，合金的筷子拍在碗口上，叮当一声脆响。

巧珍打圆场："小山说的？"

郑水生看了一眼巧珍，拿出手机，翻出旺财的照片给她看。

巧珍看着旺财的照片，说："旺财救过你的命呢。"

郑水生再次放大旺财的照片，移动着，细看它那双茫然呆滞的眼睛，沉浸在往事里。

四

郑水生绕着明月公园跑了半圈，在架到湖中的木栈道的长椅上看到了"跑友"老大哥的老伴。她一个人坐在那里，看着微波荡漾的水面发呆。郑水生这才想起来，已经很久没见到老大哥了，一个月，甚至更久。按道理说，合肥的马拉松即将开始，他现在正是做作战准备的时候，不应该偷懒。

当他走到老嫂子身边，发现她还在旁若无人地盯着水面时，他就感觉可能出事了。他犹豫着，不知道怎么开口。"老嫂子，好久不见。""老大哥呢？好久没见他跑步了。""老嫂子，怎么一个人？""老嫂子，早啊。"他在脑袋里将这些话翻来覆去盘了一会儿，做了两次深呼吸的准备，仍然不确定自己能不能顺利地把这些话说出口。

这时，老嫂子看了他一眼，说："早。"

"啊，早。"好久，他才说。

不远处，湖里有两只油鸭一前一后从芦苇丛中游出来，身体几乎贴在一起，头顶都有白色羽毛，像一对白头老鸳鸯。

老嫂子看着那对油鸭，许久才说："老头子上个月走了，癌，有些年了。算起来，他活的时间比医生预计的长，我们也算是赚了，只是没能参加合肥的马拉松。"老嫂子的声音不大，因为语调很平静，反而显得更小，但郑水生却听得清清楚楚，他惊讶地张了张嘴。有很多话想问："这么突然？老大哥身体看上去那么好。""什么癌？我认识老大哥的时候，他就已经知道自己生病了吗？他居然那么乐观！"最终，他的嘴里只吐出个变了调的"啊"，实在是说不出什么安慰的话，待了一小会儿，对老嫂子说了句"节哀，保重"后，就转身回到跑道上了。

这天早上，郑水生多跑了半圈，因为他先是想着老大哥离世的事，继而想到自己和巧珍，跑步完全脱离了大脑的控制，变成了肌肉记忆，是身体单方面的行为。如果未来他在巧珍之前离世，巧珍该怎么办？郑越和玉娴有耐心照顾好她吗？他们会不会直接把她送去养老院？如果巧珍在他之前离世……哦，他不想做这样的假想。

巧珍这辈子跟着他，没有享过什么福。

郑水生和巧珍的姻缘，有些"命中注定"。那时候，郑水生还在部队，一次回乡探亲，同乡的战友让他带了一盒链霉素回去，因为相差不过三个月，战友的父母双双离世，战友妹妹伤心过度，病了已有一些时日，急需用这个药。郑水生把药送到战友家，就被那个面色苍白、没有精气神，但有着一双和茶树坡那个泉水潭一样深邃清澈的眼睛的女孩勾住了魂魄。这个战友的妹妹、躺在床上的女孩，就是巧珍。

他们的婚礼，是在部队诸多战友的见证下举行的。虽说是婚礼，但只不过是各自添了两身新衣裳，一起拍了照片，再和战友们聚了一餐。没有媒人，没有聘礼，没有嫁妆，两个都没有父母的人就这样组合在了一起。

郑水生退伍前，巧珍一个人在茶树坡耕种劳作，面对那个一贫如洗的家，没有说过什么怨言。在郑越之前，他们还有过一个没能出生的孩子——巧珍怀孕五个多月的时候，去泉水潭担水摔了一跤，不仅孩子流掉了，肋骨还断了一根。他是独子，郑越出生后，他希望再多生几个孩子，但即使他退伍回乡了，每天和巧珍在一起，巧珍的肚子也一直没有动静，并且在36岁的时候就绝经了。茶树坡的赤脚医生说，是巧珍常在经期，甚至在生完郑越刚满月就下水田的原因。他从此就断了再要孩子的念头。巧珍很长一段时间郁郁寡欢，自觉愧对郑水生。他安慰她，一起把郑越培养好，就行了。

后来他当了挑货郎，田地、家里的活，大部分是巧珍在打理，再后来，开了"老郑回收站"，他常常是一天不着家，巧珍除了要顾田地，还要照顾店面。好不容易下定决心抛下田地和废品站享受天伦之乐，巧珍却成了这样。

有时候他想，如果他们没来城市，没和儿子他们住在一起，继续留在茶树坡，巧珍是不是就不会被一张轮椅绑住了？

郑水生到家的时候，玉娴和郑越正在吵架，起因是谁送昊昊。往日，周六上午昊昊上围棋课，都是他接送。但今天因为老大哥去世的事，他在公园多耽误了半个小时，把这件事给忘记了。

这几天玉娴的神经性头痛病犯了，连吃止痛片都没有效果。昊昊吃完早餐后，玉娴见郑水生还没回来，就去喊还在客房睡觉的郑越，让他送一下。

他们恋爱的时候波澜不兴，结婚后的生活慢慢就变成了一潭死水。昊昊出生后，吵夜得很，郑越以第二天需要上班为由，一个人搬到了客房，他也确实像一个客人，从此在客房扎了根。

郑越说："你反正都已经起床了，你去送。"看着躺在床上，和她说话都不睁眼的郑越，玉娴突然觉得没有必要再忍了，她掀掉了他的被子，喊："孩子是我一个人的吗？你自己想想，这些年，你尽到一个做父亲的责任了吗？"

"一大早的，发什么神经？别没事找事。"郑越并没有起床。

昊昊看着玉娴的样子，有些害怕，小心地走过去，拉着玉娴的手说："妈妈，你送我吧！"

这时候郑水生打开门进来了，看到昊昊后，他才想起来要送昊昊去学围棋。昊昊看到他，小跑着过去："爷爷，你可回来了，要迟到了。"

郑水生说："好，走。"

玉娴迈了两个大步，抓住昊昊的胳膊将他拉了回来，站在郑越的房间门口，说："今天必须你爸送。"

昊昊大概是被玉娴的粗鲁举动吓着了，哇的一声哭了出来。

郑水生慌了，连忙跑过去，牵着昊昊的手："我送，乖，走吧。"

玉娴恼了："我说了今天孩子必须他送。你们就这么惯着他，几十岁的人了，像一条蛆虫一样。"

郑越噌地从床上跳起来，往玉娴面前冲："你说什么？"

郑水生连忙拦在他前面，并推搡了一下，郑越的体能不及郑水生的，一下子被推倒在床上。

"孬货。"玉娴转身的时候说。

听玉娴这样说，郑越气急败坏想冲出来，但郑水生山一样堵在门口，面色黑沉。

这一天，昊昊没有去学围棋，也没有请假。等到老师打来电话的时候，玉娴说孩子有点不舒服。

郑水生回到房间的时候，看到巧珍坐在床上默默流泪。他抽了张纸，帮巧珍擦了泪。他在心里酝酿，怎么说服巧珍和他一起回茶树坡。之前他提过的，但被巧珍严词拒绝了。她不愿意让外人看到她坐轮椅，或是蹒跚学步，才很少下楼，更不愿回去让熟悉的乡里乡亲看到自己这个样子，她要维持自己在大城市过得很好的假象。手术后的一年多来，她没回过茶树坡，郑水生清明、冬至回去，她也叮嘱他不要告诉别人自己坐轮椅的事。

这时，巧珍用喑哑的声音说："回去吧！我们都老了，他们小夫妻的事，随他们自己闹去吧。兴许，我们走了，这个家能安生一点。"

郑水生一时没反应过来，他没想到巧珍主动要回去，更没想到她一次说了这么多有实际意义的话，往垃圾桶扔纸的动作被放慢了数倍，然后才说："好，好，回吧！"

五

这两天，玉娴和郑越都把彼此当作空气对待，只不过两个人的出发点完全不同，郑越是无意的，因为大部分时间，玉娴还有其他人在他眼中都是空气，而玉娴是有意为之的。前者在这样的氛围下，无事人一样，该吃吃，该睡睡，该打游戏打游戏。后者就不一样了，自己的冷暴力不但未能给对方造成影响，还反弹回来击中了自己，受到了双倍伤害。

晚饭的时候，玉娴做了麻辣香锅，昊昊见了，一边小跑，一边喊："爸爸，吃饭了，妈妈做了麻辣香锅。"

玉娴叫住他："回来，没有他的份。"

昊昊站在那儿，不知进退。

郑越从房间出来，说："谁稀罕。"吃饭的时候，他真的一点也没有碰那盘麻辣香锅，只是吃郑水生炒的两个素菜。

玉娴说："有本事什么都别吃。"

郑越正准备回撑，巧珍说："过几天我和你爸一起回茶树坡。"

郑越诧异地看着她:"你也回去?回去干吗?"

玉娴问:"是要回去做冬至吗?"

"嗯。"巧珍答。这是郑水生的意思,先不和郑越他们说这次回去暂时不来了,等回去待几天,再说在茶树坡有助于巧珍的康复,归根结底,他还是不想和儿子儿媳说得太明白。

"怎么回,坐高铁吗?"郑越问。

"奶奶坐高铁不方便吧,你没事送一下啊!"玉娴的话还带着火药余味。

郑越本想拒绝,心想,做冬至父亲一个人回去不就行了吗,母亲怎么突然心血来潮要跟回去?但看着父亲的脸色,他还是忍了下来,但也不忘给玉娴找不痛快:"谁没事了?你没事你送吧!"

"我怎么就没事了?我送的话昊昊谁带?能指望你吗?"

"那就周末送啊!"

"真是没脸没皮,到底是你爸妈还是我爸妈?!"话刚出口,玉娴就后悔了,但来不及了,像狠踩油门后高速行驶的车,即使踩下刹车,也会发生事故。就像现在,郑水生和巧珍的目光都在她脸上,她说不清楚那是失望还是生气。

她想说对不起,但是这时候,连语言本身都怯场了。

郑越看着她,反击:"行,我送就我送,我都忘了,你和自己的爸妈关系都搞不好,怎么可能在意别人的爸妈?"郑越是深谙舌战战术的,看着玉娴一副吃瘪的表情,没等她想好回击的话,就打开门走了。

巧珍盯着被郑越关上的门,又看了看玉娴,放下吃了一小半的饭,转动着轮椅去了房间。郑水生叹了一口气,也跟了过去。坐在床上,冷静下来后,郑水生才意识到,刚才他应该站出来为玉娴说句话的,这些年她做的,大家都看在眼里。郑越那样说,实在是太伤人心。但玉娴的那句"到底是你爸妈还是我爸妈"对老两口来说,也一样有杀伤力。

昊昊停下了碗筷，问玉娴："妈妈，爷爷奶奶生气了吗？"

"吃饭吧，快凉了。"说完，玉娴撇过头，任泪水滚落。

她以前挺羡慕郑越，得到了父母专一的爱，即使生活在农村，也没有吃苦受累。结婚以前，他只有一件事，那就是学习，所以她也很敬佩郑水生和巧珍，虽然家里条件一般，但一心一意为了郑越，将他供养出来，在晚年应该要得到更好的回报才是。结婚后她下定决心做个好儿媳，刚结婚那会儿，她真的付出了很多热情，一周至少给他们打一次电话，经常网购一些东西寄给他们。他们到哪儿都说，虽然没有女儿，但没想到儿媳比别人女儿还贴心，说郑越不知道走了什么狗屎运，才娶到这么好的媳妇。他们回一次老家，郑水生和巧珍就想方设法将一些土特产塞满车后备箱。无论是那句褒奖，还是后备箱沉甸甸的关爱，都是她从前在自己家里未得到过的。她想，日子如果就这样过下去，似乎也不错。

只是她没有想到，把庄稼人从农村的田地里拔出来，移栽到城市，成活的概率是有，但是长到郁郁葱葱的程度，太难。而且很可能你悉心培育，到最后发现根本问题是你改变不了的土壤，而不是水肥。

同在一个屋檐下生活，玉娴发现自己的度量没有那么大。继郑水生成了半个聋哑人之后，手术后的巧珍也似乎慢慢失去语言功能，家里常常笼罩着一种让人窒息的安静，或者是一声接一声的叹息。

有时候，玉娴也很想和他们聊聊天，为家里封闭凝滞的空间凿开一个口子，但是和公公说话，得不到对等的回应，无论她说什么，回复她的基本都是那几个敷衍的字词。一日三餐基本还是他做，清扫也做得越来越干净，还负责接送昊昊，像一个不会出错的机器人。婆婆大多数时候在床上，或者轮椅上，只是整个人像被烈日炙烤的植物，蔫头耷脑，没有生机。有时候她看电视，也好像是透过电视画面看着其他的东西，思绪已经飘走了。只有在打理阳台的那些蔬菜的时候，她的眼中才有了点光彩,所以即使她将淘米水存放在那儿好几天,等发馊冒泡泡了再去浇那些蔬菜,使阳台飞舞着很多小虫子,玉娴也选择了隐忍,只是那些堆积的隐忍就像不断充气的气球,总有爆炸的时刻。

　　玉娴对声音的接受程度也开始两极分化。一方面,她非常惧怕和公公婆婆独处的时间,就算昊昊不在家,郑越在家噼噼啪啪敲键盘,或者咳嗽,空气也不至于那般凝滞,如在糖稀里行走,移动分毫都很艰难。另一方面,她对安静又有了新的要求,特别睡觉时,必须保持绝对的安静,所以,即使关严实了房门,戴了耳塞,击打键盘的声音,饮水机放水的声音,马桶冲水的声音,呼噜声,都对她的睡眠造成了直接影响,常常让她在半夜清醒,盯着漆黑的夜发呆。偶尔和郑越同床,也会因为郑越的翻身和轻微的呼噜声而睡不着或被吵醒。好不容易在清晨进入深度睡眠,早起的公公又准备晨跑了,在卫生间,在厨房,制造声音。

　　脱发严重,失眠多梦,每天都昏昏沉沉,玉娴知道自己患了神经衰弱。她也想过,让公公和婆婆回老家去,或者给他们在附近租一套房子住,或许能改善家里令人窒息的生活状态,缓解自己的精神状态,只是她一直没有找到合适的契机说这句话,毕竟当初让他们过来的人是她,现在不需要了,甚至在他们需要被照顾的时候"丢弃"他们,她觉得自己还是做不出这样的事情。

　　现在,郑水生要带着巧珍一起回去,玉娴就知道,他们暂时不会回来了,不是她一个人觉得这日子过得令人窒息。他们先提出来回去,这让她心里松了一口气。

六

　　决定一旦做了,执行起来似乎也不是那么难。
　　最终还是郑越送郑水生他们回的茶树坡。最舍不得郑水生他们走的人是昊昊,得知他们要回去,昊昊还消沉了两天,玉娴给他讲道理,郑水生又答应经常和他通视频,他情绪才好了些。后来昊昊说:"爷爷,那你快点回来,我要坐你的电瓶车上学呢。"郑水生嘴里说着"好",心里却很愧疚。

郑水生和巧珍回茶树坡,最高兴的人是郑小山。从知道他们已经出发了起,郑小山问了三次他们到哪儿了,说已经在家准备好了饭菜,晚上一定要在他家吃饭,一起喝几杯。

出发前,郑水生在心里做好了打算,他要利用这次机会好好和郑越谈一谈,玉娴是个好女人,要懂得珍惜。但在车上,他们并没有做什么有效的交流,因为对话根本进行不下去,车窗外的风景在高速倒退,风声猎猎,郑越根本不想扯着嗓子和他对话,说不安全。而他自己连一整句话都说不清楚,怎么和郑越说这个又不是一两句话就能说清的问题呢?

到了家,郑水生发现院子被清扫得很干净,想来是郑小山打扫的。

郑小山听到汽车声响,小跑着从家里蹿出来,老远就笑着说:"水生,你们可算是到家了!赶紧来家,坐下就能吃,饭菜都在锅里热着呢!"郑小山似乎是瘦了一圈,但人仍然很精神。

"东西放下就来,小山叔。"郑越说出的居然是方言,明明在车上的时候,他说的还是普通话,这让郑水生感到不解。

郑小山早前从郑水生那听说了巧珍生病手术的事,现在看着坐在轮椅上的巧珍,他也没有多问什么,只是说:"受罪啦,巧珍!"然后又拍了拍郑水生的肩膀,"回来就好,回来就好。去吃饭,我搞了肉烧葛根粉圆子,你喜欢吃的!"

郑水生心里暖暖的,久违的一道菜,真的是好久都没吃过了。

郑越说:"小山叔,我想吃你家的米饺和米饼。"

"啊,早说就好了,早点铺早就关啦,没有现成的了。"

"没事，我就说说。关了也好，老了就该歇歇了。"

到了郑小山家，郑水生做的第一件事是去看旺财。蹲在狗窝前，郑水生喊："旺财！"因为有些激动，声音沙哑又颤抖。

旺财的耳朵一动，抬起头，看着他，又嗅了嗅他的衣袖。他伸手摸了摸旺财的头，一下又一下，顺它的毛。旺财摇动着尾巴，慢慢站了起来，后腿微微打战。

郑小山说："呀，狗，哦，不对，旺财果然是十足的忠臣，它现在很少站起来，连吃饭都不起来的。"

郑水生心中一热，几滴浊泪涌了出来。

饭桌上，郑小山几杯酒下肚后，话变得更多了，他举着杯子，夹了一块牛肉进嘴里，说："我本来准备烧羊肉的，一想，巧珍不吃羊肉。"又问郑越，"你知道你妈为什么不吃羊肉吗？"

郑越说："知道的。"

"他们说肯定没有我说有意思，我来说给你听。"

巧珍阻止："他叔，就别笑话我了。"

"这哪是笑话呀！那时候多好啊，我们都还年轻，我就喜欢回忆在部队时候的日子。"

"行，叔，你说吧。"郑越说。

"你爸妈怎么认识的，就不用我说了吧。还有他们是在部队结婚的，估计你也知道。但是呢，他们结婚那天还有一个好玩的事情，你肯定不知道。"郑小山卖起了关子。

郑水生夹了几块肉，端着碗，站起来的时候，用手臂示意了一下，去送给旺财吃。

"你看，你爸一大把年纪了，还害羞。"郑小山哈哈笑起来。他仰脖喝完了那杯酒，啪的一声将酒杯蹾在桌上，抹了一把嘴，说："那天，我和你爸，还有另外两个战友开着一辆军用东风卡车，去西安火车站。

我们去干什么呢？对！""对"字落音的同时，他拍了一下桌子站了起来，像个说到精彩处的说书人，"我们是去接你妈，她一个大姑娘家第一次出远门。接站一点不顺利，我们每看到一个扎着双麻花辫的姑娘，就问你爸是不是，你爸都一直摇头。后来我说这样不行，我们应该在站外找个显眼的地方等。你爸觉得有道理，然后我们就出站，排队从闸口出去的时候，你爸慢吞吞的，一再回头想找你妈。这时候他身后有人用老家的方言说：'走快点！'我听了，想，啊，是老家人，就想打个招呼。一看，是个烫着时髦鬈发的姑娘，个子高高的，眼睛亮亮的。"

"这人是不是我妈？"郑越停下了咀嚼的动作。

郑小山坐下来，给自己倒酒，不着急回复他："你猜。"

巧珍在一边笑，郑越恍然："肯定是了。"

郑小山接着说："你爸当时直接傻眼了，那姑娘看到你爸脸也红了，我猜，这就是你妈了！"

说完郑小山自己大声笑起来。

郑越也笑着说："确实很有意思，不过这个我真不知道，他们没有告诉过我。"说完看向巧珍。

巧珍面露羞涩，说："这有什么好讲的嘛！"

郑水生端着空碗进来的时候，就看到桌上的三个人都笑得前仰后合的。他已经很久没看过巧珍的笑容了。早就该回来了，好在任何事只要做了，都不算晚。他想。

"水生，快来，坐下，我要继续讲了。"郑小山又喝完一杯酒，问巧珍，"巧珍，你到现在还不吃羊肉？"

巧珍说："嗯，不吃，受不了那个味道。"

"哈，真是一朝被蛇咬，十年怕井绳。"郑小山又把目光转向郑越，"我那时候在炊事班，有一天去买菜，你妈让我给她带一点猪肉回来，她要给你爸开小灶。战友们都觉得这个新嫂子真好玩，人长得漂亮，还有点小脾气,就想逗逗她。"

郑水生也被郑小山的叙述带回了过去,他转头看向巧珍,犹豫了一下,还是抓起了她的手,放在掌心摩挲着。巧珍要抽回,他硬是没让。

"哟……"郑小山别有深意地看着他们的手,又继续说,"在我们这边,那时候可没有卖羊肉的,你妈还没吃过羊肉,于是回来的时候,我们就给了她一块瘦羊肉。瘦羊肉和瘦猪肉在生的时候,是不好辨认的,她拿着那块瘦羊肉,搞了一大碗肉片汤。煮的时候估计她就发现味道不对劲了,但还是吃了,没想到吃了一点就反胃,吐得那叫一个惨。就那时候,她还不知道那是羊肉。后来还是你爸告诉她的,第二天你妈见了我,脸拉得老长,要不是当时人多,大概就骂我了。"说完这些,郑小山的声音和语调陡转而下,"一晃,三四十年过去了,日子不经过啊!"

巧珍说:"谁说不是呢!"

郑小山像想起什么似的看着郑水生:"对了,水生,你现在话咋这么少,闷葫芦样?"

郑水生看着郑小山,笑笑,没有说什么。他想,回到茶树坡,在郑小山的影响下,他的语言会不会回归?

郑越说:"他听不到,能说什么?"

郑小山说:"哪里,我看他是不想说,我刚说的话,他绝对听到了。"

那天,郑小山真的喝多了,一直喋喋不休,仿佛把积累了几年的话都说了出来。后来他问郑水生:"我家那小子给你打过电话,让你劝我吧?"然后也不等郑水生回答,又说,"你不会以为我也老神经了吧?人老了,不中用了,只是我觉着这日子没意思啊,想找个人说话,想找点事情做啊!"

桌上陷入一片沉默,只有初冬的晚风,吹得门前那棵老樟树的叶子哗哗作响。

七

　　郑越在茶树坡待了两天就回去了。走的时候，他和郑水生说，下个星期来接他们。郑水生不置可否。

　　旺财是在郑水生他们回茶树坡的第四天死的。它闭眼之前，郑水生和郑小山就在它身边。那双眼睛看着面前的两个老人，有那么一会儿，晶亮晶亮的，然后慢慢暗淡下去，就在眼睛即将闭上的那一刻，它的尾巴轻轻摆动了一下，像是挥手做最后的告别。

　　郑水生不知道旺财有没有什么遗憾，如果有，他抛弃它去往城市，把它丢在茶树坡，它用一年的时间才适应新家，算不算一件？他又想到那年冬天栽倒在田沟里的那个夜晚，当时，相比疼，冷更让他绝望，旺财那温热的舌头舔在他脸上的时候，其实是把他心上的冰舔化了……

　　他已不忍再想，侧头看，郑小山正在抹泪。

　　他们把旺财葬在了茶树坡。这个茶树坡，是指一片茶园，在天山脚下，也不知道是祖上哪一辈辟了山脚栽种的，但一定很久远了，因为村名"茶树坡"由此而来。郑水生家分得的那一块茶园，在茶树坡的最上方，再往上，就是密林了。旺财被葬在他家茶园上方的一棵大松树边，站在那儿，能看清楚整个茶园，也能看清整个茶树坡村的样貌。

　　这个地儿，也是他给自己和巧珍留的。

　　郑水生花了两天时间，砍树、刨光、打桩，在院子里为巧珍定制了训练行走的平行杠。巧珍一开始对郑水生做这件事情，没有阻止，也没有赞同，只说："你要搞就搞吧，随你。"但郑水生感觉到了，巧珍回来之后的心情好了很多，他有信心说服她训练。做好之后，他自己扶着两边的扶手，减弱腿脚自主能力，试走了一下，走到头，又折返再走一遍,最后,他松开双手,走出平行杠的保护。他觉得自己替巧珍完成了一次独立行走,心里雀跃得像个孩子。

也是那一刻,他决定参加合肥的马拉松,像老大哥说的,不试一试,怎么知道自己不行呢?如果老大哥还在,得知他的这个决定,一定会很高兴。

他仍然每天跑步,为马拉松做准备。跑步的地点是天山下绕村而流的小溪埂,虽然道路崎岖不平,还有野草横行,跑起来磕磕绊绊,但有天然的植被、溪流和农作物与他做伴,倒也觉得意趣盎然。"老郑回收站"是不会重新开了,但见了那些废品,他还是会带它们回家,光明正大地码在院子里,再也不用偷偷摸摸。

玉娴知道郑水生他们暂时不会回来了,看着床铺上叠得方方正正的被子、空空荡荡的卧室,她心里涌现了自责与愧疚,因为自己终究没能守住初心。

郑水生回茶树坡一个星期后,玉娴在微信里试探着问郑水生什么时候回去。郑水生编辑了一大段文字回复她,说为了巧珍的康复,暂时不过去了,他反复推敲措辞,斟酌口吻,确保不会让玉娴误以为是她那天的态度才让他们做了这个决定。玉娴回复说尊重他们的决定,如果哪天他们想回去了,告诉她,她去接。郑水生这才松了一口气说,好。

晚上的时候,郑越也发来信息,质问这件事情,因为他担心的是,父母回茶树坡,会让人家以为是他容不下他们,他们是被迫回去的。郑水生答非所问地给他回复了这样一条信息:"别人怎么看那么重要吗?多用点心在老婆孩子身上吧,家要是散了,才是人生最大的失败。如果哪天玉娴要和你离婚,我和你妈也会站在她那边。"想想,他还是删掉了后面一句话,发送了出去。他看着对话框上方的"对方正在输入中……"好久,但最后,映入他眼中的只是三个字——"知道了"。

跑马拉松的那天，太阳很好。开跑前，郑水生拍了一张现场照片，发在了朋友圈，配了一句他看到的宣传文字：如果不迈出左脚，你永远不知道右脚会落在哪里。

同是那天早晨，玉娴打开冰箱冷冻层，发现里面满满当当，除了早餐吃的饺子、馄饨、烧卖，肉类的每一个密封袋上面都贴了标签：牛肉、羊肉、羊蝎子、羊排、排骨、五花肉、红烧的公鸡、炖汤的老母鸡……每一份都剁好了块。

她还在厨房里发现了一本手写的食谱，用的是昊昊没写完的田字格本，食谱上的字是郑水生手写的，写得认真又工整。食谱有分类，却不是根据季节需要分的，也不是根据荤素分的，而是根据人分的：玉娴、郑越、昊昊、巧珍。每个人的部分都有好些不同的食谱，但一定是那个人喜欢吃或者需要吃的。在给她的那些食谱里面，有一个是这样的：

羊肉石斛煲（玉娴吃辣多，胃不好，此汤秋冬可多喝）

羊肉：500 克

铁皮石斛干条：20 克

枸杞：10 粒

红枣：6 颗

姜：6 片

花椒：6 粒

盐：适量

备注 1：羊肉过（焯）水时，和冷水一起下锅，一定要加葱姜、料酒。

备注 2：巧珍闻不得羊肉味，炖煮的时候记得关厨房门。

玉娴只觉得心中那股由来已久的无形的东西迅速地上涌，冲到鼻腔的时候形成一股酸涩，再势不可当地到达眼眶，化为有形的眼泪涌出。

　　发令枪响起，郑水生收到了玉娴的微信："爸，加油！"一起发来的还有一个十秒的小视频，昊昊在视频中说："爷爷，加油呀！等放寒假了，我和爸爸妈妈一起回茶树坡看你和奶奶，到时候，你再带我去摸风呀！"

　　参赛者像一群密集的彩色蝌蚪簇拥着游开去。

　　跑着跑着，郑水生突然觉得身体的重量随着步伐在一点点减少，直至羽化成仙，在山林之中穿行，山风在他的耳边呼呼作响，声音比他任何时候听到的都大。他想对那些快乐得枝叶乱摇的树喊出些什么，无论是什么都好，但内容一定不是那些孤零零的字词。

| 文字药房

从终点出发

在生者的国度与死者的国度之间,有一座桥,而那座桥就是爱。

它是唯一的幸存之物,它是唯一的意义。

——《圣路易斯雷大桥》桑顿·怀尔德

一

顾愿穿过人头攒动的门诊部,绕过最高的住院部大楼,到达这个医院最萧条的一座四层小楼前。萧条的原因是,与其说这儿是医院病房,不如说是特殊的公寓,因为每一间屋子里都只住着一个患者,房间陈设和普通意义上的病房不一样,除了彩色的窗帘、粉色的被褥、暖色调的布艺沙发,还有木质的衣橱、木质的书架、木质的会客座椅等。色彩和木质替代了白,替代了冰冷的金属,让房间更加温馨;而桌上花瓶里的花,墙上的几幅风景画,淡淡的洋甘菊香氛,又让这病房有了些家的氛围。有时候为了满足患者的需求,工作人员甚至会将患者在家里用习惯的一些小型家具搬过来,一张桌子,或是一把躺椅。所以,与其说他们在运营一个机构,不如说他们在给患者提供一个家。

在这儿你几乎闻不到专属于医院里的那种味道,看不到穿着白大褂的医生，看不到粉色衣装的护士，看不到穿着工作制服脚步匆匆的护工或清洁工，因为他们即使是工作时间也着便服，你无法分辨他们的身份。所有的一切都是为了舒缓患者的心情，让他们忽略自己身处医院。

它有一个特殊的名字——临终关怀服务中心。

顾愿刚上到三楼，就看见走廊里一个熟悉的小护士冲过来，她那双豆豆鞋的橡胶鞋底与瓷砖亲密接触，发出了几声短促的吱吱声，像一只慌乱逃窜的老鼠。她到达顾愿身边时及时刹住脚，那双眸子里的慌乱将她说出的话切割得很琐碎："312号房……312号房又在闹啦，顾老师，你赶紧……没人敢进他房间，只有你治得住他。"

顾愿扶住她，纠正道："不是312号房，是费大爷。"

小护士尴尬地笑了笑，说："是，费大爷又在闹啦！"

还未到达房间门口，就听到病房里传来嘶哑的叫骂声："畜生，都是畜生！"顾愿才意识到这一次情况比往日都要严重。果然，粉色的印有爱心的被褥缩成一团躺在地上，地上还有散落的药瓶药丸、五马分尸的玻璃杯，以及一摊不知所措的水。

因为叫得太用力，费大爷咳嗽起来，身体随着咳嗽而颤动，呼吸变得急促且困难。看着顾愿，他抑制住咳嗽，面色涨红，却还在叫嚣："喂……你给我那几个不孝的东西打电话，问他们……为什么不来看我，这些畜生……"

顾愿冷静地看着他，没有说话，迈着平静的步伐走进房间。快过去一个月了，她基本摸清了费大爷的脾性，容他闹一阵子，达不到目的，他就会自动偃旗息鼓，你要是劝他，他反而会更来劲。小护士担心费大爷会将什么东西扔过来，躲在顾愿身后的她轻轻扯了一下顾愿的衣服。

"没事。"顾愿回头轻声对她说，"去给他倒杯水。"

顾愿走到窗前，拉开彩色条纹的窗帘，开了窗，将充足的阳光和热情的春风邀请到屋内，然后转身，抱起被子，抖了抖，放到床上，再捡起药瓶，又拿了扫帚和簸箕，若无其事地打扫起来。

小护士将一杯水小心翼翼地放在床头柜上，就后退了几步，她担心那杯水的下场。

不料费大爷只是没好气地瞥了她一眼，然后顺从地喝了口水，压制住了咳嗽，他又冲着顾愿说："喂，你说，为什么他们把我丢在这就不管我了？再怎么着，我也是他们的老子啊！"

"那我打电话给您女儿费敏，您来和她说，好不好？"顾愿拿出手机划拉着，佯装拨电话。

费大爷盯着顾愿的手机，目光却不聚焦在那，思绪不知飘到了哪儿，悻悻地说："还是算了吧，她不会来的。"说完，这个已经79岁的老人垂下了脑袋，开始低声抽泣。

肺纤维化晚期，同时还患有精神分裂症的费大爷，用了不到10分钟，情绪就由暴怒状态切换到颓废状态。顾愿在心里再一次告诉自己，每一个临终之人都需要善待，然后坐到了费大爷的床沿上，抽了纸巾，递到他的面前。

顾愿在这个医院的临终关怀服务中心当志愿者已经十年了，几乎和这个服务中心的历史一样长。这十年里，她送别了37个"服务对象"。"服务对象"是医院的定义，对于顾愿来说，是送走了37个朋友。这37个人，是由5位中老年人，以及5个儿童或少年组成的。她陪伴时间最长的是一个婆婆，1年零2个月；陪伴时间最短的是一个小伙子，19天。

临终关怀服务从国外传播到国内，时间不长，人们对这个领域的认识有限，甚至很多人都不知道还有这样的服务，国内开设这样服务的医院也很少，都不是什么大医院。

认识顾愿的人都问过她这是什么工作，弄明白了她的工作性质后，又觉得不可思议，又会问，一直这样见证死亡，会不会恐惧。可实际上，这个问题本身就是有问题的，没有谁会对朋友的死亡感到恐惧，与其说恐惧，不如说难过或者伤心，但随着时间的推移，送别的人越来越多，对临终关怀服务的理解越来越深刻，她几乎能够很平静地面对那些死亡了。当然，有些人得知她的志愿服务，了解了她对这项事业的热爱与奉献，也由衷敬佩她，电视台、报纸、新媒体都对她进行过采访和报道。

他们常问的问题是："你为什么来这里做志愿者，并且一做就是十年？"

顾愿每次的回答也类似："总归要有人来做这件事，没有什么特别的理由，只是希望那些临终之人能够走得平静一点，这不是比寻找人生的意义更有意义吗？因为我就活在意义之中，不用再寻找。"

人们处在安宁幸福的生活中时，永远无法预料，也不会去预料自己的人生将会以什么样的方式发生改变——这正是"人生无常""难以预料"的真正含义。

十年前，在度过那痛苦而又绝望的一段时间后，她参与到公益活动中，试图做一些有意义的事，抚平伤口。

当时，这家医院开设了"安宁病区"，推广临终关怀服务。一位临终关怀的公益人发起了名为"死亡咖啡馆"的活动，活动主旨就是让参与活动的人在舒适的环境和氛围中，去讲述自己对死亡的理解和见闻。当时那个公益人抛给大家的两个问题是：如果你知道你的死亡日期，你会选择用剩下的时间做什么？如果现在让你写生前预嘱，你会写什么？或许是受当时的场景氛围感染的原因，抑或是活动发起人最后介绍了临终关怀的公益事业，并说做这些临终关怀的志愿者，因为常常直面死亡，才会将生命理解得更透彻，会更加热爱生命、热爱生活，然后鼓励参与者投身公益，顾愿就报名了，紧接着来到这家医院，投身这项工作,一做就是十年。

初春的时候,某个纪录片摄制组来到临终关怀服务中心做采访,顾愿作为志愿者代表接受了采访。

记者:您能先给我们的观众介绍一下什么是临终关怀服务吗?

顾愿:2006年,我国成立了中国生命关怀协会,初衷是搭建社会平台,坚持以公益慈善为出发点,关爱生命,奉献爱心。协会的宗旨就是:传播生命文化,关怀生命过程,维护生命尊严,提高生命质量,延长生命预期。说得更明白一些,就是对各种疾病晚期患者的临终照顾。

记者:听说您在这儿做了十年的志愿者,是服务时间最长、服务对象最多的志愿者。十年前,国内临终关怀机构还不是很多,临终关怀志愿者和做其他公益的志愿者不一样,需要承受更多的东西,是什么让您在条件艰苦、待遇低的情况下,选择这个志愿服务,并且坚持了十年呢?

顾愿:确实,做临终关怀志愿者,需要一定的医学经验和技能,但这些又不是最重要的,那是医生和护士的事。我们最需要的就是对死亡恐惧的承受能力,要对死亡有客观平等的理解,对服务对象有客观平等的态度。我从事这个志愿服务,是因为我的儿子,但我不认为自己是"坚持"了十年,如果说一开始那一年是在坚持,倒是可以。

记者:因为您儿子?这里面有什么故事吗?

顾愿笑笑,没有作答,记者也适可而止,没有追问。

记者:您说那不是坚持,是什么呢?

顾愿:是热爱。如果一个志愿者,他不热爱自己所做的公益事业，是做不长久的，就像一个人如果不热爱自己的工作，那么他的工作不会出色，他也会活得很痛苦。我热爱临终关怀事业，我希望通过自己有限的力量，去让更多临终生命死得有尊严，用他们希望的方式陪伴他们，而不是用家属或者他人以为好的方式。

……

费大爷是顾愿的第 38 位服务对象，也是她在临终关怀中心的第 38 位朋友。

费大爷原本是其他同事的服务对象，因为太难缠，同事打了退堂鼓。之前每次同事一走进病房，费大爷都会大叫："滚！我不要待在这里等死，你们找医生给我做肺移植！"

可实际上，费大爷当时的病情以及身体状况，完全不具备做肺移植的条件，八大日常生活能力，除了进食这一项，其他七项——如厕、穿衣、洗浴、理容、下床、离开座椅、行走，在没有外人的帮助下，他都已经做不到了。

那时候顾愿正好送走第 36 位朋友——一个肝癌患者，于是便接手了照顾费大爷的工作。费大爷的老伴早就离世了，他有三个子女，两个儿子，一个女儿，但他住到 312 号房已经快一个月了，只有一开始他的女儿费敏送他过来，交代了一些事情，交了足够的钱，就离开了，那之后，没有任何人来看过他。他在这里成了最难缠的服务对象，医生、护士、护工、志愿者都挨过他的骂，包括顾愿。

当时那个同事说："顾老师，接触费大爷后我才知道，我之前在培训课里学到的医疗知识和看护技能根本派不上用场。"

"正常，在这里，我们什么人都会遇到。另外，对于他们来说，死亡本身并不可怕，可怕的是失去可以由自己掌控生命的权利。战胜这种恐惧，每个人需要的时间不一样，有长有短。我们要学会理解。"顾愿说。

刚开始费大爷闹的时候，顾愿给费敏打过几次电话，电话要么打不通，要么打通了，费敏不是说在出差，就是说在开会，没时间，回头再说。但没有电话回过来。

有一次，费敏索性不再兜圈子："除了没钱，或者他死了，你打电话通知我一下，其他任何事都不要联系我。"

"可是你爸很想你们，我知道你们很忙，但是不能抽空过来看看他吗？他的日子不多了，他总归是你们的父亲。"那时候的顾愿总是希望通过费大爷命不久矣这一点来打动他那些铁石心肠的子女。

"他会想我们？拉倒吧！想着怎么骂我们、折磨我们差不多。我们愿意花钱把他送到你们那儿，就已经是在尽我们的义务了。但你要知道，有些人虽然是父亲，但也只是徒有虚名，他们本身是不配当父亲的。"

虽然不知道这家人之间到底有什么不为人知的故事，但对顾愿来说，让临终患者感受到爱，体会到临终服务的人性关怀，平静安宁地面对死亡，才是她需要做的。顾愿还是希望能够帮费大爷完成这点心愿："说是这样说，但你不觉得……"

"我已经仁至义尽了，我并不觉得愧疚。"费敏的语气生硬得像一根不会弯曲的棍棒。

顾愿不想放弃："听你爸说，你还有两个哥哥，他们能过来看看他吗？"

"我哥他们一个在国外，一个在新疆，更忙。"

"你们这些做子女的，怎么能这样？以后你们会后悔的。"顾愿很生气，不由得提高了嗓门。

"你之所以同情他，是因为你将他当作弱者，也说明他并没有告诉你他是一个怎样的人。如果他能反思自己的一生，真心向我的母亲、向我们忏悔，也许我会考虑在他死之前去看他。"费敏说完，不等顾愿做出反应，就挂了电话。

为了更好地服务患者，顾愿很早以前就去学习了心理学知识，并考取了心理咨询师资格证，她习惯站在患者或者患者家属的角度去看问题，但现在，她无论如何也看不透费敏的心理。她愣怔在那儿好一会儿，做了十年志愿者，送走那么多人，其中不乏不是很尽心尽责的子女，但像费敏这样完全不管不顾的，她第一次遇到。等她从这通电话里缓过神来，才发现站立的地方，万年青的叶子被她的手指斩杀了一摊在地上。

费大爷接过纸巾，擦了一下鼻涕、眼泪后，将纸巾扔在地上，然后情绪突变，大叫道："林芳，你怎么能指派这些不孝子来惩罚我！"

后来，那个小护士说："顾老师，我猜这个费大爷就是年轻时做了坏事，他那女儿看上去是一个通情达理的知识分子，做到这份上，一定是他做了太多无法原谅的事吧？"

"在死亡面前，有什么是不能原谅的呢？"顾愿说。

二

经过十年时间的"锻炼"，见证了诸多死亡，只有一种死亡，顾愿还是难以接受——儿童的死亡。

或许因为她曾经是一个母亲，但更多的是觉得儿童的生命像一棵禾苗刚刚破土就被无情折断，他们的人生之书刚刚开始书写，就不得不草草收尾，这是一件多么悲伤的事情！

顾愿还清楚地记得她送别的第一个儿童，那是一个叫妍妍的 5 岁女孩，患有先天性恶性脑瘤，经过几年的高强度治疗，终是无力回天，她的父母将她带到了临终关怀服务中心。那是个有着天使般笑容、坚强又乐观的女孩，她每次喊顾愿"阿姨"的时候，小鹿般的眼睛里都闪烁着星光，让人想到美好的夏日夜晚星汉灿烂的情景。每次她妈妈哭的时候，她都会用小手去给妈妈擦眼泪，安慰妈妈说："妈妈，别哭。"在关怀中心两个多月后，妍妍就走了，当体征检测仪那嘀的一声响起的时候，顾愿没忍住，哭出了声音，那也是她第一次在送别服务对象的时候哭出声音。

现在，又有一双相似的眼睛出现了，它属于一个叫丁格的女孩。

那天，临终关怀中心的主任对顾愿说："来了一个16岁的女孩，骨癌，三年前做的截肢手术……"

主任的话还没说完，顾愿就明白了主任的意思，她说："好，我来服务。"

第一眼看到丁格，顾愿就从那双小鹿般的眼睛里看到了妍妍的影子。她已经很消瘦了，可能因为放疗贫血，脸色苍白得厉害，越发衬出眼睛的乌黑。她的背有些佝偻，穿在身上的衣服空荡荡的，让顾愿想到伫立在田间地头，在风中孤零零站立的稻草人。那个右腿的假肢就靠在床头柜边，柜面上的花瓶里，一束小雏菊开得热烈。这是个爱好阅读的女孩子，房间里的书架上全是她带来的书。她的心脏没来由地钝痛了一下，她知道，这又将是一场痛苦的告别。

顾愿向丁格和她父母说明了自己是她的精神陪护后，丁格说："阿姨，你好了不起，刚才医生和我说了你，如果有下辈子，我一定要成为像你这样的人。"

"好啊。"顾愿说，然后伸出手，"在那之前，我们得先成为朋友。"

丁格也伸出手，顾愿握住了那只指关节已经肿大得很厉害、凉凉的手。看着那双眼睛，顾愿还是说了："你的眼睛和我以前的一个朋友太像了。"

"那个朋友已经死了吗?"

顾愿轻松地说:"嗯。"

"她多大?"

"5岁。"

"真是一个悲伤的故事呢!"

"不是,是一个温馨的故事……"顾愿解释说。

这时,丁格的妈妈在一边打断她们的谈话:"你好,怎么一来就和孩子说这些有的没的,不太合适吧?"

顾愿这才仔细打量了一下丁格的父母,40来岁的样子,都戴着眼镜。母亲气质很好,长得漂亮,丁格像她;父亲看上去存在感则低了很多,他不善言辞,满腹心事的特点都被眉心的川字纹出卖了。

"妈。"丁格小声呼唤了一下。

与西方人相比,中国人向来避讳谈论死亡。哪个孩子若是说了关于"死"的话,就会受到家长的呵斥:"孩子乱说什么,什么死死死的!"而大多数癌症患者的家属也通常持有这样的错误认知——瞒着患者真实病情,能够延长寿命;或者用若无其事的态度去做无效的安慰——"积极面对,总能战胜病魔,出现奇迹"。他们一直犹犹豫豫,不肯诚实地面对亲人的衰老和死亡,殊不知病人因为无法确认,始终陷在对自己病情的猜测中,有些人到死也不知道自己因何而死。即使家属们不说,那些惶恐不安也会让他们的临终体验变得糟糕。如果那些病患知道自己的病情,知道自己的人生还剩下多长时间可以支配,他们一定不会选择听那些看似积极正面,但实际意义不大的加油鼓气般的安慰,一定会去完成能完成的心愿,好好和爱的人告别,和这个世界告别,然后从容离去。

在临终关怀中心,医护人员在认为合适的情况下,会向患者问出以

| 文字药房

下四个问题，然后根据他们的意愿安排相对应的治疗，或者不治疗：

  1. 假如你的心脏停搏，你希望做心脏复苏吗？
  2. 假如不能自行进食，你愿意采取鼻饲或者静脉输入营养吗？
  3. 你愿意使用抗生素吗？
  4. 你愿意采用例如插管、机械通气这样的积极治疗吗？

  丁格妈妈拿到这张表的时候，甚至没有征求丁格的意见，就全部选择了"是"。

  临终关怀的目的就是让临终患者对自己的病情享有知情权，将确定性作为职业价值，然后以友善与共情去安抚惶惑恐惧的病人，以及悲伤躁动的家属。

  是的，临终关怀志愿者精神抚慰的对象，除了病患，还有病患家属。

  作为一个母亲，顾愿能理解丁格妈妈还无法真正接受孩子时日不多的残酷现实。所以看着她的反应，顾愿也明白，最先要安抚的，是丁格妈妈。于是那天傍晚，顾愿约她在关怀中心外一处小花坛边的长椅上，谈了一次心。

  "你说，我听。"刚坐下，顾愿就对她说，并将刚端出来的大麦茶递给她。

  "说些什么呢？"

  "什么都行，说你想说的。"

  她沉默了一会儿，说："孩子当年只是摔了一跤，腿骨折了，也去医院进行了治疗，谁能想到会变成这样。"

  "嗯。"

"是我们大意了，孩子后来断断续续说腿痛，我们都以为是生长痛，没有带她去做彻底的检查。"说到这里，她的声音已经哽咽到不行了，手中单薄的纸杯已经被她捏扁了，水位爬升上来，像她那快要溢出来的泪。

顾愿递给她一张纸巾，没有说话。

丁格妈妈又说了很多，说孩子从小如何优秀，如何懂事，一直是大家口中的"别人家的孩子"，之后说到他们家砸锅卖铁的求医之路，最后诅咒起上天，说命运不公。

"截掉腿的时候，我们就想着能保命，也就认了，哪承想……"或许是重复那些过去，让她不甘心就让孩子在这里等死，她突然说，"我是不愿让她来这儿的，如果继续接受放疗，她还可以活得更久一些，或许会出现奇迹，你说对吧？"

顾愿想打消她的这个想法："之前的医生既然建议孩子来这，说明对孩子的生存时间的预判不超过六个月，我知道这很残酷……"

这个明确的时间大限刺痛了丁格妈妈，她站起来，用恨恨的眼光看着顾愿："你们这个所谓的临终关怀就是这样的？就是这样为患者服务的——在病人家属的伤口上撒盐？"说完她将手中的一次性纸杯摔在地上，大麦茶溅在顾愿的裤腿上，有点温热，躺在地上的纸杯彻底瘪了。

"我知道为人父母的痛楚，但我们还是要面对现实。"丁格妈妈的反应太常见了，每一个临终病患的家属都会经历这样的反复的思想动荡，不确定自己所做的选择是否正确。他们害怕因为放弃治疗，而错失了奇迹。

但丁格妈妈已经听不进去顾愿的话了，她几乎是小跑着离开的。

顾愿后脚赶到房间的时候，丁格妈妈正在收拾东西，丁格爸爸站在一边，看看她，又看看丁格，眉心的川字纹更深了。

"我们走，回家，明天再去其他医院，咱们继续放疗，不能在这里等死！"

"我不想放疗了，那还不如让我现在就去死！"丁格大声喊。

"你这个没良心的啊，你死了让我怎么活！就算是为了我，你也要坚强啊，奇迹是人创造的啊！"丁格妈妈歇斯底里地叫，还不断地跺着脚。

丁格父亲终于发出吼声："闭嘴！"

顾愿看着这一家三口，仿佛在看着曾经的自己、曾经的老宋、曾经的儿子。

从医院回家的路上，顾愿去了那家熟悉的馄饨馆。女老板是个残疾人，店面很狭小，没有显眼的招牌，门口的煤炉上，大铁锅里用筒骨和肉皮熬的汤已经有了牛奶的颜色，正在开心地翻腾。

女老板见她来了，咧开嘴笑着说："下班啦？"知道顾愿的故事的人不多，这个连名字顾愿都不知道的女老板是其中一个。而知道她的故事，但不会做那些无效安慰的人，女老板又是其中之一。

顾愿说："嗯，下班了。"

后面她们就没有交流了，过一小会儿，女老板会端上来一碗不加虾皮的馄饨。

十几年前，他们家还住在这里，这里的馄饨还是4块钱一碗，那时候顾愿经常带儿子过来吃早餐，或者晚餐。有时候他们一家三口一起过来吃馄饨，顾愿的不加虾皮，儿子的不要胡椒粉和葱，老宋的不加紫菜。

离开的时候，顾愿站在馄饨馆门口，朝着那栋四层的老楼注目了一会儿，一楼东边的那扇窗还是那么熟悉。曾经每次下晚班回来，顾愿看着窗户里温馨的灯光，心里都像有一汪温热的水在流动，是一种难以描述的熨帖。

让这种幸福感破灭的,是那个突如其来的夏日午后。

顾愿骑着电动车把儿子送到学校,再去单位上班,那时候她在一家印刷厂做文字照排工作,热得大汗淋漓,还没来得及坐下缓一会儿,班主任的电话就打来了。儿子成绩优异,平时也很乖巧,初中生的叛逆在他的身上完全没有体现,或者说还没有来得及体现,所以她和老师沟通的机会少之又少。看到那个显示着"儿子班主任"的来电,她心里一咯噔,有一种不祥的预感从心里升腾起来,身上的汗已经变成了冷汗。

儿子在学校的台阶上摔了一跤,磕破了膝盖。很轻微的皮肉伤,但血流不止……

三

顾愿已经是第16次来看望费大爷了,却还没有和他建立起朋友关系。但费大爷对待她的态度,相比对待其他人,已经算是格外开恩了,至少他不再骂她,不会朝她扔东西。他的一天,只要在身体允许的情况下,大都被胡言乱语、嘶吼所占据,这个时候顾愿只是倾听他那些胡言乱语,没有将他当作一个精神分裂症患者看待,而是像对待一个发脾气的孩子;剩下的时间,他的精神状态又是萎靡不振的,这个时候顾愿只是陪在他身边,安静地看书,或者什么都不做。

在进入病房前,顾愿去问了负责费大爷的医生,得知费大爷已经开始出现呼吸衰竭的情况,医生的意思再明显不过了。

顾愿知道,她需要加紧进度了,不能让费大爷带着遗憾离世,她要化解他和子女之间的矛盾,让他死得安详,让他的子女在未来不后悔。很多时候,人生是有三种选择的:第一种是人们到生命的最后才明白他们永远无法从头再来;第二种是人生走着走着,原本以为还有退路,可是走到最后才发现前方无路,后方退无可退;第三种是以为自己只有一条路可以走，走到最后才发现，当初以为无法改变的事实际上是可以改变的，只是发现得太迟了。费大爷的人生已经走到了最后，他面临着第一种选择，不管他以前犯过怎样的错，他的人生都无法从头再来。而费敏选择的是第三条路，顾愿几乎可以断定，她那么决绝地沿着这条路走，她认为自己的选择是正确的，但在未来，或许在她的生命也走到尽头的时候，她会后悔现在的选择。

此时费大爷正处在情绪低落的状态，他戴着鼻塞式吸氧管，平静地躺在病床上，瘦骨嶙峋的身躯像贫瘠的土地，在薄薄的被子下面也没有多大起伏，睁大的双眼盯着天花板，整个人纹丝不动，要不是吸氧湿化瓶里的蒸馏水在冒泡，她都怀疑他已经走了。

顾愿轻轻地坐下，费大爷对她的到来视而不见，就这样，5分钟过去了。

顾愿打开手机音乐播放器，播放京剧《定军山》。费大爷喜欢京剧，喜欢老生，尤其喜欢于魁智版的《定军山》。他带来的那个收音机，内存卡里装的都是京剧，但他好久都没有打开那个收音机了。

刚唱到"天助黄忠成功劳"时，费大爷开口了，声音很轻："关掉，不想听。"

顾愿心里窃喜了一下，按下了暂停键，她的目的达到了——让他开口。

"你老是来看我这个糟老头子，不厌吗？"费大爷这样问，身体没动，目光依然投在天花板上。

"我也厌烦啊，厌烦自己至今还没有和您成为朋友。"

"和一个快入土的人交什么朋友？我也不需要。"他的口气讪讪的，带着自嘲。

"我在这里十年，交了37位朋友，您是第38位。"

费大爷听了这句话，沉默好久没说话。顾愿也没说话，还那样坐着，但她原本绷直的腰背缓和下来。

"你姓啥来着？"费大爷终于问，缓缓转动头，眼神朝着顾愿递过来。

"顾，照顾的顾。"

"小顾，你老实跟我讲，我确实是没救了？"

顾愿沉吟了片刻，没有直接回答这个问题，而是试图趁着费大爷比较清明的时候开解他："费大爷，不管是富豪还是乞丐，国王还是农夫，死亡面前人人都是平等的，也就是说，不管是什么身份的人，都会死，而每个人，也都会害怕。"顾愿其实还想说：人生给我们的最后一道考题就是面对死神的召唤，恐惧和沮丧是正常的，无论是谁，面对死亡的时候，都是无法真正做到从容的，需要巨大的勇气和毅力。但她知道，这些话费大爷很难理解。

费大爷的嘴唇嗫嚅着，想说什么，但没有说出来。

顾愿继续："费大爷，您不是没救了，您是完成了在人间的使命，要去另外一个世界了，就好比您收拾好了一切行囊，带着您心爱的东西，跨过一道门槛，去远游。"

"去另外一个世界……林芳是不会放过我的，我不去，我不去……"费大爷突然情绪激动起来，挥舞着双手。

顾愿半弓着腰，双手扶着他的手臂，慢慢按压下去，轻声安抚："您冷静一点。"

费大爷翻着眼睛看着顾愿："是你先招惹我的，谁让……谁让你泼我脏水，我一个大老爷儿们……脸面往哪搁？我、我不就是和往常一样揍了你一顿吗？我当时脑子不清楚，我太气了！你寻短见就寻短见，但你让那些不孝子来报复我，我就是死了也不会放过你的……林芳，我们走着瞧！"

他说的声音并不大，虽然断断续续，但吐字清晰，离他很近的顾愿迅速将这些信息量巨大的话捋了一遍,她想到费敏说的——他并没有告诉你他是怎样的人,如果他能反思自己的一生,真心向我的母亲、向我们忏悔……

"费大爷,您能给我说说您的故事吗?"

费大爷此时却噤了声,目光空洞,好久才慢悠悠地说:"你也想来指责我?"

四

愿望清单:

1. 能见他最后一面,好好说再见。
2. 能撑到《EVA 新剧场版:终》上映。
3. 穿汉服去室外拍照,选一张最满意的当遗像用。
4. 希望有人能为我作一首曲子,曲名叫《等风来》。
5. 死后捐献遗体(前提是说服爸妈)。

愿望清单是顾愿布置给丁格的作业,此时她看着这个愿望清单,心湖里像有人扔下一枚炸弹,因为她突然想到儿子,如果十年前让儿子去写愿望清单,他会写些什么呢?那时候他有自己喜欢的女孩子吗?选了那张他背对大海的照片做遗像,他满意吗?她努力拽住越飘越远的思绪,故意用欢快的语调问丁格:"就这些?这是我见过的最少的愿望清单了,也是第一个把捐献遗体当作愿望的。格格,你比一些大人活得还通透。"

"但很难实现。"丁格说。

"不难,分解一下,一个个实现。先从第一个来,'他'是谁?"

丁格抬头看了卫生间一眼,她妈妈在那里搓洗衣服,水声哗哗。她压低声音，俏皮地说："我同学，我喜欢他。"

顾愿也笑着压低声音说："我猜也是，一定是个成绩优秀、阳光帅气的男孩子。"

"你怎么知道？"

"不然怎么配得到我们格格的喜欢。"

丁格苍白的脸上爬上两朵红晕。

丁格妈妈从卫生间出来，瞥了一眼顾愿，没有打招呼，径直去阳台晾晒衣物。那天她想带着丁格出院继续去放疗的念头还是没有实现，但她对顾愿仍然怀有敌意。

"放心吧，我会把他带来的。"顾愿悄声说，然后做了一个 OK 的手势。

晾好衣服的丁格妈妈从桌上的保温桶里倒出一碗乌鸡汤，端到丁格面前。丁格摆摆手，说："我不想喝，没胃口。"

丁格妈妈保持着那个端碗的姿势一小会儿，一句话也没说，但是眼里的泪就扑簌簌地落下来。她迅速转身，将碗蹾到桌上，力度有点大，汤洒了出来。

原本坐在床上的丁格躺了下来，对顾愿说："阿姨，我累了，我想休息一会儿，你去忙吧。"

顾愿点点头，站起身来，看着丁格妈妈的身影，思绪回到十年前。后来，她还是走到丁格妈妈身边，轻轻拍了拍她的肩，说："我能和你聊聊吗？"

丁格妈妈转过身来，擦了擦眼泪："我没什么要和你聊的。"

"但我想和你聊聊。"顾愿停顿了一下，还是说出了口，"我儿子是十年前走的，14 岁。"

丁格妈妈怔了一下，眼神里晃过复杂而又不可思议的情绪。

顾愿怎么也没想到，一直以来身体素质很好的儿子，竟患上了白血病。如果说有什么先兆的话，那就是他的皮肤很白，但那只是遗传他爸爸。那次因为摔跤，膝盖流血不止，在医院检查出他患有急性白血病。

顾愿听完医生的诊断，只觉得掉进一个冰冷刺骨的寒潭，她的手脚冰凉，呼吸困难，要不是赶过来的老宋在她身边扶了她一把，她会一头栽下去。

她放声大哭，她攥住医生的袖子，问是不是误诊，她无法接受这个事实。前一阵子，她和一个同事还为另外一个同事有了一个脑瘫孙子而感到可惜，她同情那个同事，但她无论如何都没有想到，自己即将变成被人同情的对象。

她不敢想象失去儿子的日子——那简直就是地狱啊！

但事已至此，顾愿知道，现在要好好给儿子治疗，倾家荡产，就是把她卖了也要治好儿子。

说到这里的时候，顾愿的脸上还是滚下两行泪来。这么多年过去了，她几乎没有向别人说过这些细节，虽然经过这么多年的修炼，但此时揭开伤疤，发现里面依旧血淋淋的。都说，看不见的伤口最痛，是真的。

同为母亲，丁格妈妈此时也红了眼睛，她说："都是苦命的孩子。"

"你知道吗？如果能再来一次，我一定不会逼着他过度治疗，让他在最后走得那么痛苦。"顾愿还清楚记得那个场景，那个让她现在回想起来，恨不得抽自己耳光的场景。

"妈，你带我回家吧，我不想再治疗了，反正都治不好了，就让我死得舒服些吧！"那时的儿子哀求说。虽然一直在配合化疗，但他却先天性耐药，对化疗药物不敏感，头痛，呕吐，肾脏出现并发症。

"你死了舒服，想过我们吗？咱们不能被病魔打败，你看那些战胜病魔的人，哪一个不是坚持再坚持？咱们再坚持一会儿，会有奇迹的。"

那时的顾愿说。她查阅了很多病例，急性白血病化疗后预后好的话，活六七年的例子不少，六七年，两千多天啊，能互相陪伴，能看到他长大成人，她怎么能放弃？她怎么能允许他放弃？

"顾愿，儿子说得有道理，咱们陪他好好走过最后一程不行吗？"老宋说。

"哪有你这样当爸的，盼着孩子早点死！"顾愿叫，叫得歇斯底里，叫得撕心裂肺。她用尽力气跺着脚，仿佛要将对命运的满腔愤恨狠狠地踩在脚下，踹碎。

她甚至威胁儿子，如果他不配合治疗，她就死给他看。

儿子和老宋这才妥协，撑了三个月，但最终没有出现奇迹。

她还清楚地记得，儿子闭眼的那个晚上，握着顾愿的手说："妈妈，我尽力了。"

她可怜的孩子。

儿子死后，她才从医生那得知，儿子最后为了抵抗化疗的痛苦，曾经背着她求医生给他多用一点镇痛剂，因为他不想让妈妈看到自己痛苦的样子，那样妈妈会因为自责更加痛苦。

顾愿得知那些细节后，才意识到自己真的错了，但命运不给她弥补过错的机会了。

那之后，他们夫妻俩卖掉了有过儿子生活痕迹的房子，试图开启新生活，但事与愿违，夫妻二人之间的对话都变得小心翼翼、如履薄冰，生怕一不小心就将对方心里的伤口重新撕开。后来，是顾愿提出来的离婚，虽然老宋一开始不同意，但她无法原谅自己，无法面对他，最终这个家还是解体了。

离婚后，有一段时间她将自己关在租来的屋子里，几乎成了静物。

后来，一个因车祸失去孩子的朋友将她拉进了一个失独父母互相疗愈的QQ群，一群断肠人在一起互相抚慰，一起去做公益，再后来接触到临终关怀服务。顾愿最开始做志愿服务是去自我救赎的，但随着服务对象的增加，见证的死亡越来越多，对生命的理解越来越深刻，她才逐渐放下，不为赎罪，只为让更多的人感受到人性关怀，死得坦然。

五

顾愿之所以大费周章地找到费敏，还是因为费大爷的情况越来越不容乐观。

因为费大爷自身的情况，很难和顾愿进行有效的对话，没弄清楚他们那个家庭矛盾的"病灶"在哪里，她无法进行有效的"治疗"。

所以，顾愿堵在了费敏公司的楼下——她是一家知名企业的高管。

费敏看到顾愿的时候，脸上的表情除了吃惊，更多的是生气。即使这样，她还是很客气地请顾愿进了栖巢咖啡，用她的话来说就是："既然你这么锲而不舍，他也不告诉你他的罪孽，那在听完我讲的故事之后，你再下判断。"

她们坐在二楼靠窗的位置，顾愿要了一杯美式，她知道，这杯没加糖的美式，不会比费敏接下来要说的故事更苦涩。

"他犯的错已经不能用数字来计算，得用哲学来评判了。"这是她们坐下后，费敏说的第一句话。

顾愿没有说话，她知道这时候做个倾听者就够了，所以她非常虔诚地向费敏交出了眼神、耳朵，还有心。

"我妈是他逼死的。"还没等顾愿做好准备，费敏就将这句话恶狠狠地扔了出来。顾愿感受到那怨恨的重量，仿佛将面前的桌子砸了个粉碎。她心里不由自主地打了个寒战。

费大爷叫费玉贵，费敏妈妈叫林芳，费玉贵娶林芳有些"强取豪夺"的意味。费敏的原话是："我妈等于是他抢回家的,他就是个匪。"费玉贵的家族在村子里很繁盛,兄弟五个,费玉贵是老幺,虽然现在那四个兄长都已经不在了,但当年他们号称"方圆百里的五霸"。

年轻时的林芳是个标致的美人儿,从费敏的眉眼可以想象勾勒出林芳的容貌。林芳有一次去县城赶庙会的时候,遇到了费玉贵,从此,她的噩梦就开始了。没过几天,费玉贵就在几个哥哥的带领下,去了邻村林芳家提亲。林芳其实不愿意,她听说过费玉贵弟兄五个做的一些让别人戳脊梁骨的事,但她爸妈都是老实本分的人,一个弟弟尚小,她知道,自己嫁也得嫁,不嫁也得嫁。

林芳嫁过去之后,和另外两个妯娌包揽了那个大家庭所有的家务,洗刷,打扫,做饭,缝衣,伺候公婆,还要去公社做活赚工分。婆婆也很强势,对她们异常苛刻。费玉贵更是酗酒无度,醉酒后就对林芳拳脚相加。林芳怀第二个儿子的时候,因为怀疑费玉贵在外偷腥,就被他揪住头发,拖到门前的小水塘边,往水里按。

"要不是恰好有邻居路过阻止,我妈那时候就死啦,哪还有我二哥和我?!"费敏说到这里,盯着顾愿看了一会儿。

顾愿特地避开了那眼神,她暂时还不想发表任何评断,况且,每个人最终都将会为自己做错的事买单。

费玉贵确实在外面拈花惹草,甚至光明正大。费敏8岁的时候,费玉贵直接住到了另外一个村的一个寡妇家里,帮人家做农活,帮人家养儿子,长达一年零两个月。家里的事他很少操心,对三个孩子也是基本不过问,偶尔回来一次就和林芳吵,大打出手。林芳在那期间疯了,胡言乱语,连孩子都不认识。孩子们看到费玉贵都像看到鬼一样,有多远躲多远。林芳一直说,如果不是看三个孩子可怜,她早就寻死了,早死早解脱。

费敏上初中的时候,费玉贵在县城红灯区嫖娼,被抓了现行。派出所要家里去赎人，后来闹得村子里沸沸扬扬。

　　林芳觉得脸已经丢尽了，她前所未有地爆发了一次，费玉贵回家的时候，她往他身上泼了一盆猪食水，说日子不过了。费玉贵气急败坏，将林芳往死里揍了一顿，打架拉扯的时候，林芳的衣服都被撕烂了，她几乎半裸在拉架的、围观的邻居面前。

　　这成了压死骆驼的最后一根稻草。当天晚上，林芳就喝下了一瓶农药。

　　费敏擦了擦泪，问顾愿："这样的人，你觉得他配做父亲吗？配做人吗？"

　　顾愿的心里早已是惊涛骇浪，她压制住自己的怒火，说："对他来说，活着的这几十年，就是惩罚。"

　　"呵，你高看他了，这种没心没肺的人，不会知道'愧疚'二字怎么写的。我妈走后，我们那个家是靠大哥撑起来的。他依然在外面花天酒地，有好几个姘头，几乎从我们的生活中消失了，后来老了，不中用了，他才死皮赖脸地回来了，找我们卖惨。如果我们那么轻易就原谅他，怎么对得起我死不瞑目的妈妈？"

　　见顾愿还是没反应，费敏又问："你说，现在你对他什么看法？"

　　顾愿说："我很高兴你能把这些事情说给我听，对我来说，需要抚慰的不仅仅是病患，还有家属。爱和恨，都伤人。你恨你父亲，现在我完全理解，但是现在我想问你，如果让他就这样死去，你就真的解恨，真的解脱了吗？你能保证很多年之后，你想起这件事，你不会后悔吗——后悔自己或许应该采取另外一种方式对待这件事？"

　　"我不会后悔，死都不会后悔。"费敏的话语生硬，态度坚决，毫无弹性与回旋余地。

　　顾愿叹了一口气，说："或许，最好的复仇方式是宽容。一个人做过的事，犯过的错，不在于别人有没有怪罪他，恨他，或者是原谅他，因为他自己终将会为自己的所作所为付出代价。"

费敏的嘴角牵扯了一下,鼻子里哼了一声:"让他忏悔,是不可能的,一生如此。别指望他临死会有什么彻悟,即使有,也迟了,我们不稀罕。"

顾愿这时候才发现,费敏的故事说了很久,像一个有着强烈吸附力的魔镜,将她带了进去,让她迟迟没能走出来。

忘了喝的咖啡早就凉了。

太阳也落下去了,街上的人多了起来,来来往往,虽然存在,但都是静静地发生着。

六

能得到丁格妈妈的认可,顾愿与她在关怀中心的第39位朋友的相处,变得融洽轻松了很多。果然,天下所有的母亲都是相似的,只是她们表达爱的方式不同。顾愿很高兴能够抚慰到丁格妈妈,让她不至于重蹈自己的覆辙。

三天前,丁格出现高烧不退的情况,虽然顾愿不愿承认,但她知道,丁格的时日也不多了。

那天,在顾愿的安排下,丁格那个年轻漂亮的班主任来医院看望了丁格,同行的还有一男一女两个同学,一个是班长,一个是丁格的同桌。班长个子很高,戴着方框眼镜,说话的时候有点腼腆,他是丁格愿望清单中提到的那个"他"。

病房里,丁格穿上了刚买的汉服。汉服是之前顾愿和丁格一起在网上挑选的,齐胸款,淡蓝色渐变,上襦和披帛是雪纺面料,襦裙的裙头、裙摆都布满了盛开的花朵,领口图案为绣花,刺绣元素很丰富。当时挑选的时候,顾愿和丁格几乎是同时看中这一款。丁格的头发也被盘了起来，插了一支与汉服同色系的步摇，略施粉黛的她，娴静地坐在那儿，仿若从历史的烟云里走来的深闺女子。

班长把一束多色的桔梗花放在床头柜上的时候，他离丁格很近，动作很轻，很缓，仿佛在将那几秒钟的时间，拉得像一辈子那么长。顾愿看到了丁格脸上的笑容，以及眼中的晶莹。

班主任代表全班问候丁格，转告了同学们的祝福，说了一些等待她回去之类的话。

丁格笑笑，说："好。谢谢老师。"

他们离开前，班主任、女同桌与丁格拥抱了一下，轮到班长的时候，两个人都有些迟疑，顾愿本来想说："拥抱一下，没关系，别害羞。"但丁格已经伸出了她的右手，最后，两个人只是云淡风轻地握了一下手，很快便分开了。

多么美好的青春，多么纯粹干净的感情。顾愿觉得鼻子有点儿发酸，花了很大的力气才将眼泪逼回去。

班主任他们离开的时候，顾愿送他们出去，班长走在最后，脚步迟缓，走到走廊尽头的时候，他又回了一次头。虽然隔得很远，但顾愿从他迟缓的脚步，以及眷念的回眸中知道，他的眼中一定也是满含热泪，心中充满离别的痛楚。

之前顾愿问丁格，是邀请他一个人来，还是让班主任以班级名义来，带着他。丁格选择了后一种方式。她说："我不想让他知道我喜欢他，我终究要离开。"那时候顾愿就发现，丁格虽然年纪小，但活得比很多大人通透。

但是现在，她肯定地告诉丁格："格格，班长也喜欢你。"

"真的？不可能吧？"丁格显然不相信。

"真的，我很确定。"

丁格的表情突然黯淡下来，说："这对他会不会太残忍？"

"对他来说，这未必不是成长。"

傍晚的时候，丁格穿着她喜欢的汉服，在医院里拍了很多照片：仰躺在草坪上的，长长的大裙摆盖住了她的腿；长椅上有些落寞但又充满坚定的背影；左右手挽着爸爸妈妈，三个人的头靠得很近的合影；手拿着一朵玫瑰，笑得比玫瑰还要灿烂的独照……

拍完照，丁格很明显有些体力不支，脸庞绯红。但她一直在说，今天过得太开心了。

顾愿说："我还要告诉你一个好消息。"

"什么？"

顾愿拿出手机，将一个公众号推文给丁格看。

那是一个有着众多粉丝的微信公众号，昨天发布了一篇名为《花季少女的愿望：等风来》的文章。文章介绍了丁格的情况，展示了丁格除了第一个以外的另外四个愿望，寻求音乐人为丁格写曲子，这里面将丁格化名为"菡萏"，因为顾愿知道荷花是丁格最喜欢的花。

顾愿花了不到一个小时就写下了那篇2000多字的文章，里面有几段是丁格说过的话：

> 菡萏说过，她很迷恋听乐曲的过程，仿佛她对这个世界的理解，在那些音符中架设了一套审美的脚手架，然后凭借自己的想象，建成一个可以供灵魂居住的房子。
>
> 菡萏说过，死亡本身没有声音，没有情绪，没有动作，它带来的痛苦是人们将它总结成一句话，递给死者的亲人和关心他的人。所以不要觉得她很可怜，父母才是需要抚慰的人。
>
> 菡萏还说过，生命之所以美好，是因为生命不仅仅是生命本身，还是回应生命吸引在自己周围的那个场。即使她最后走到了最深最黑暗的地方，心中依然有火光，她会在另一个世

界，找到属于自己的新的航线。

……

愿活得比这世上很多人都澄明的菡苕心中的爱乘风远去，抵达远方，收获回声。

才一天时间，阅读量就已经达到六万多，留言评论也达数百条，被点赞置顶的一个评论是一个叫"后浪"的独立音乐人留下的：菡苕你好，来信收悉，回声很响，希望我能创作出让你满意的作品。

丁格很激动，一扫刚才的疲惫，抱住顾愿说："谢谢阿姨，'后浪'我知道的，我在××音乐关注过他，他的音乐我很喜欢！"

顾愿说："那就好，我已经与他取得联系了，他说等他做好，会发给你听，如果你有建议，也告诉他。"

"好，真的太谢谢你了，阿姨。我都不知道怎么感谢你才好，我太激动了。"

这时候，丁格的妈妈拿着手机，快速看完那篇文章，一连串的问句如同开闸的水："谁写的？愿望又是怎么回事？你还在想着捐献器官这件事？你们瞒着我都做了些什么？我是不会同意的！"

七

顾愿知道，费敏对费大爷的恨已经深入骨髓，短时间内是无法改变她的想法的。而费大爷的老人机上，通讯录里居然没有存任何人的电话号码，问他也是一问三不知，那两个儿子就像远方的空气，看不见摸不着，她第一次感觉无所适从。

那天主任告诉她，科室接了一个任务，收集临终患者的梦境，对收集的梦境进行整理与分析，去更好地完善临终关怀服务。

那些梦境，就是患者的临终体验，与他们在这个世界上最后的思考有关，比他们的记忆、感觉、感知、呼吸，甚至是微笑或哭泣的关联性更强。他们与这个世界的最后的交流与连接，通过那些梦境或幻觉呈现出来，就是"超验之境"。

临终梦境往往发生在超然存在的另一种境界中。

顾愿觉得这是一个契机，根据以往的经验，她知道，很多临终患者最后会出现幻觉，或者是具有分析价值的梦境。她还记得，她的第33位朋友，是一个40多岁的男性，社会成功人士，来到病区的时候，已是肝癌晚期。他的状态一直很差，但离世的前一天，精神状态特别好，于是他很兴奋地告诉顾愿，他前一天晚上的梦境。

他梦见自己在老家的山上放羊，然后与初恋女友约会。他说，梦境非常真实，他能感觉到山风吹拂在皮肤上的感觉，以及牵着女友手时她掌心的温度，还有青草的气息、羊群的膻腥味。夕阳西下的时候，他们一起赶着羊群回家，家里双方父母齐聚一堂，已经准备好了丰盛的晚餐，正在商量他们的婚事。

而实际的情况是，当年他的家庭条件太差，女友的父母就那一个宝贝女儿，不同意他们的婚事，最终这段感情还是败给了现实。分手后，他没有再爱上其他人，他迫切希望出人头地，一直忙碌于事业，游走于酒桌，最终身体垮了。

顾愿记得很清楚，当时他在说这个梦境的时候，表情很幸福。他还告诉顾愿，梦境其实就是量子纠缠，也就是说，有可能在另外一个平行宇宙，他和女友得到了父母的祝福，生活得很幸福。

顾愿愿意相信他所说的。这个世界的遗憾，在另一个世界得到弥补。

那天顾愿去看费大爷，打开了手机的录音功能。

"费大爷，我刚刚来的时候，被一个骑自行车的人撞了一下，您看，我的胳膊都青了。"这是顾愿的经验，所有的病患都不希望别人见到他第一句就问："今天感觉怎么样？"因为他们无论是好还是不好，都不希望别人过于关注他们的身体状况，他们需要的是别人将他们当作正常人对待。顾愿从来没有把自己当作医护人员，而是以一个说话不需要遮掩的老朋友身份和他们相处。费大爷看了一眼顾愿的胳膊，撇了撇嘴，没有说话。

顾愿故意把动静弄得很大，拖凳子，收拾床头柜，倒水，把杯盏弄得叮当脆响。

费大爷终于开口了，由于插着鼻氧，他的声音嗡嗡的："消停会儿吧，别瞎折腾了。"

顾愿抓住时机，问："费大爷，您最近有做什么梦吗？能和我说说吗？"

"又想整什么幺蛾子？"

"我就是想和您找点话头聊聊嘛。"

过了好久，费大爷都没有说话，就在顾愿以为没戏的时候，费大爷突然开口了，声音很平静，好像是从远古的甬道中传来的，有点不真实："水，全是水，无边无际的水，感觉全世界都是水，有人把我往水里按，水很臭，他的力气很大，我看不到他的脸，我喘不过气来。但我在心里大骂，小鬼，别想害我，老子的命硬得很。然后又在操场上，大喇叭里放着京剧，我站在那里听得正起劲，有许许多多的人朝我扔石头，但我怎么都看不到人，石头把我的头都砸破了，血在往外喷。"费大爷抬起枯树枝般的手摸了摸额头，摸完还看了一下掌心。

顾愿在脑中勾勒这个梦中的场景，觉得很可怖。

这时候费大爷的声音又恢复了正常，就是实实在在躺在床上的这个费大爷发出来的："就算我没看到他们的正脸，我也知道是谁，我心里明镜似的，除了林芳那个祸害记仇，把我往水里按，还能是谁？扔石子的我也知道，是那几个不孝子带着那些同样不孝的孙子辈干的遭雷劈的事。别以为我不知道。"

即使不将这些梦境报告给主任，让研究这些临终梦境的医学专家分析，结合顾愿对费大爷一生的了解，也不难猜测，费大爷这个梦境都是往事的折射，他内心深处其实存有愧疚，知道自己曾经做错了很多事，才会梦见林芳和孩子们找他讨债。同时说明，他也在害怕，害怕自己死后也不得安生。

"费大爷，有人告诉过我，梦境其实就是另外一个世界我们活着的样子。也就是说，您梦到的这些情节，在另外一个世界真实地发生着，另一个费大爷正在遭受这些，所以通过很复杂的量子纠缠传递到您这儿来。要想你们俩都活得自在点，就得解决根本问题。"

费大爷将定在天花板上的目光移到顾愿脸上，等待着她下面的话。

"所以，我一直想问您，您有没有想要对费敏和她哥哥们说的话，还有，还有对他们的妈妈说的话，比如，对不起。"后一句顾愿说得小心翼翼，说完她甚至屏住了呼吸，等待着费大爷的反应。

费大爷木木地看着顾愿，脸上没有什么表情。

过了一小会儿，他突然手舞足蹈，大叫起来，声音像在撕一块破布："别！别抓我走！林芳，你给我的报复还不够吗？都这么多年了……"

八

"宝贝，你可怜可怜爸妈，失去你，就是拿刀在我们的心里扎啊，扎了还不忘旋转几下，要是你的身体还要被拿去解剖做研究，你还让我们怎么活？我不管什么人间大爱，什么善举，我就是接受不了，如果你这样逼我的话，我真的不活了。"

......

自从得知丁格想要死后捐献遗体，丁格父母的情绪很激动，之前支持丁格的爸爸这时候也和妈妈统一了战线。

丁格妈妈甚至要跪下来求顾愿："顾老师，我求求你，劝劝这孩子，她很听你的话。你也是当过母亲的人，我很同情你，也很感谢你这段时间来尽心尽力照顾我的孩子，但是这件事，你换位思考一下，如果你的孩子这样残忍地对待你，你会支持他吗？"

不得不承认，顾愿在这件事上，还没有下定决心站在谁的一边。虽说一直以来侧重对病患的抚慰，尽量完成他们的愿望，但对丁格的这个愿望，顾愿也无法全力支持，这不是一般的父母能够接受的。不说当年，即使现在，换位思考，她也不一定能做到。

她答应丁格妈妈，和丁格好好聊聊。

顾愿问丁格："为什么会有捐献遗体的想法？"

"我看过一个报道，一个17岁的小哥哥，也是骨癌，情况和我很相似，也做了几次手术，他们家很穷，那些手术的费用都是社会上的爱心人士捐助的，但是你知道，他也和我一样，没有奇迹发生。为了回馈社会，他向一家医学院捐献了自己的遗体，用来做医学研究。这是为了以后让和我们一样的患者得到更好的治疗啊。他的父母就很支持他，在他动手术之前就向红十字会递交了人体器官捐献志愿者申请表。"

"就因为看了这个报道，你也有了相同的想法？"

丁格像一个禅师一样坐在那儿，用一种能看透顾愿灵魂的目光看着她，说："不全是。我经常想，人存在于这个世界的意义是什么？肉体终将消失，精神长存？但像我这样的普通人，也不会有什么精神长存。如果肉体在消失前能够发挥价值，是不是比看不见的精神长存更有意义呢？"

与病魔抗争的这些年，丁格已经磨炼成一个思想成熟的哲学家和生命学家了。到了生命的最后，她的精神内在也有自己的坚持和思考，在外又能与人随和相处，传递积极的正能量，内外达到一种和谐与平衡，真是大智慧。她用她的实际行动告诉这个世界，结局是怎样并不重要，怎样一步步走向那个结局才重要。顾愿从内心里敬佩这个才16岁的女孩子，想着这样一个闪着光的灵魂，以及那双小鹿般的眼睛，在不久的将来消失于无形，她就觉得胸口憋闷得厉害，仿佛有一只无形的手狠狠地捏住她的心脏，然后慢慢收力，是一种比疼痛更加折磨人的体验。

"说实话，如果我是你爸妈，我也不会同意。"

"为什么？顾阿姨，你十年如一日在这儿做志愿者，接触过那么多将死之人，我以为你会支持我，因为你是有大爱的人啊。"

"我是以朋友的身份，以及一个母亲的身份反对的。"

丁格没有说什么，她陷入了无边的沉默。

为了不让这个沉重的话题成为她们之间的阻隔，顾愿拿起丁格床头的《莎士比亚喜剧全集》。之前丁格就告诉顾愿，音乐和文学，是她在这个世界上最爱的两样东西，她说文字和音乐会带着她去往很多她去不了的地方。她有很多喜欢的音乐家，比如周深、许嵩、Otokaze、Karunesh、Jodymoon、Jony J；她也有很多喜欢的作家，比如莎士比亚、佩索阿、叶芝、雪莱。这本书能够成为她最后的枕边书，不仅因为莎士比亚是她喜欢的作家，还因为他的喜剧集真的很搞笑。顾愿不在的时候，她和妈妈之间的那种安静和沉默的尴尬让人窒息，所以她就用看书时发出的笑声来打破那种尴尬。真的是一个暖心的孩子，顾愿想到当年让医生给他用镇痛剂的儿子。

"这本书，以后能送给我吗？"顾愿问。

"做纪念吗？当然可以。"

"不是。"顾愿随意翻了一下书，目光停在《威尼斯商人》上，"我想把这本书传递下去。"

丁格一下子就明白了顾愿的意思，她有点激动，坐正了身子，目光落在书上，说："好啊好啊，图书漂流对吧？"

"从这个意义上来说，这也是你在这个世界上的一种留存方式。"顾愿说。她为自己想到这个法子而感到欣喜。

"啊，你的目光和我的目光在纸上相逢。多美好。"丁格笑嘻嘻的，眉眼弯弯。

顾愿感叹："这句话本身就很美好，不愧是博览群书的人。"

或许是受到自己这个想法的启发，顾愿的思绪再次回到丁格和父母关于捐献遗体的矛盾上，她想到了一个折中的办法。

"格格，你说捐献遗体是为了体现你的价值，其实你的存在就是你的价值。和你认识这么长时间，我从你身上学到了很多东西，我会将它们和这本书一起传递下去。另外，我们这儿正在做一个研究，有关临终体验的，就是研究你们的梦境，你也参与进来吧，这也是一种价值体现。"

了解了这个研究后，丁格很感兴趣，她永远都对新事物充满好奇与热情："好，那我以后把我做的每一个梦，用录音的方式记录下来。"

"那愿望清单上的第五条，咱就画掉吧。"

九

通过对费大爷梦境的研究，顾愿发现，在生命终结的时刻，善与恶的分界线通常模糊不清。费大爷一生对家人做了那么多的错事，临终也只关注自己生命的终点，但顾愿还是无法恨他。并不是因为事不关己，而是人性有太多形式，太多矛盾，不能用简单的是非善恶去评判一个人。

送走了37个朋友，其中也不乏别人口中的"坏人"，但当他们器官衰竭、生命终止时，别人才会清晰地看到这个人的全部。她相信到最后，费大爷一定能完成真正的自我解脱。

顾愿将费大爷的梦境和幻觉整理成文字，以"梦境一""梦境二""梦境三"命名，备注上时间，提交给主任，在那个基础之上，再运用必要的文学手段稍作加工，发送给了费敏，并让她转发给两个哥哥。

费敏迅速回复：我不想看。也不会转发的。

顾愿料到了她的反应，也没有多说什么，只是解释了一下，这是他们正在做的一个医学研究，费大爷是在为医学研究贡献自己的一份力量。

近一段时间，费大爷的精神分裂症没有很明显的体现，更多时候，他只是静静地躺在那儿，目光呆滞地看着屋顶，或者看着输液瓶里一滴一滴往下流逝的时间。

心理学家弗洛伊德认为，一个人其实是由两个"我"组成的。一个是与别人接触的公开的"我"，另外一个是在自己的活动空间里那个私密的"我"，这两个"我"合起来才是一个真正的、立体的"我"。顾愿对费大爷的了解，其实只是第一个"我"，也就是费敏口中的那一个。这个"我"，虽不能说是假的"我"，但至少带着费敏所有的主观情绪在里面；另外一个"我"费大爷没有完全展示给他人，即使顾愿在细心观察，也没有接触那个最核心的"我"。

一天傍晚，顾愿一如往日坐在病床边，护工刚给费大爷擦洗好，费大爷的精神比往日要清明一些。

他突然说："费敏一定和你讲了我很多坏话吧？"

顾愿没想到费大爷会冷静地问出这样的问题，她来不及细想再应对，下意识地点了点头，然后又纠正："她确实说了您家的一些往事，但是我没有全部听信……"

"你信也不关我什么事。"

顾愿知道，如果让费大爷重述那些往事，一定是另外一个版本，于是她鼓励费大爷说出来："我也想听听您说的。"

"没什么好讲的，她怎么讲你就怎么听吧。"费大爷这样说完，顾愿很明确地捕捉到他用力闭了一下眼睛，仿佛在说服自己。等睁开眼睛的时候，他问顾愿："今天下午我又做了一个梦，记得很清楚，你想不想听？"

"想听。"顾愿秒答，并且拿出手机，开了录音，放在柜子上。

费大爷瞄了一眼手机，开始了他的讲述，他说的时候仿佛世界上只有他一个人，完全把世界隔绝在外。顾愿当时沉浸在故事本身，没有深思，当那天晚上她躺在床上再次听那个录音的时候，她才意识到，这或许不是梦境，而是真实的往事，费大爷只是借着梦境这个由头，去反驳费敏说给顾愿听的一面之词。而这也是费大爷的另一个"我"的核心部分。

他的目的是什么？顾愿仔细思考了一下，最后得出结论，他并不是想在顾愿这里为自己树立正面形象，他是在人生的最后，向所有人做出解释。这个所有人里，包含死去的林芳。

这个梦境，或者说当年的部分真相是这样的——

20世纪80年代初期，费大爷就已经和一个朋友合伙买了大货车，跑起了运输，收益很好，他们家成了村里第一个"万元户"。第三年秋天，这个朋友拉了一车石子去山区，突遇暴雨，连人带车翻下了山崖，连亲人和费大爷最后一面都没有见到。这个朋友突然离世，家里孤儿寡母的天都塌了，费大爷为了弥补他们，不光给了他们很多赔偿款，而且他自己找了一份司机的工作，并将所有的工钱都贴补他们，更是常常去他们家帮忙打理田地……

这个"梦境"与费敏说的关于费大爷的往事有重叠的部分。

费大爷在说完这个"梦境"后问顾愿："如果像你说的，真的存在另外一个世界的话,这个梦我没做完的部分会是什么样子的?"

当时,顾愿没有回答,但是现在,她确定了,下次去一定要告诉费大爷,后面的故事是这样的:那个朋友托梦来告诉费大爷,兄弟,感谢你!

凌晨1点钟,顾愿还是从床上起来,将这个梦境转化为文字,然后又把费大爷问顾愿的那句话的音频剪辑了下来,一并发给了费敏。

费敏是第二天早上回复的:先不说这个事情的可信度有多高,即使是真的,也不是他可以那样对待我妈、对待我们的理由。如果一个杀人如麻的人,说他其实很爱护小动物,你觉得那样的爱有价值吗?

十

《等风来》虽然是电子音乐,却有古风的韵味,特别是开头的埙独奏,一下子便将人的思绪带到一处四下无人的空旷地带。4分02秒的音乐,开头很温柔,中部坚定,结尾又有高处凭栏观月、清风拂面的广阔意境。

因为知道曲子背后的故事,顾愿听完仿佛看了一部关于丁格人生的电影,她迫不及待地赶去医院。

癌症致死的方式有很多种,逐渐夺去吃饭能力是其中之一。丁格的高烧还在持续,她几乎不怎么进食了,大部分时间她是在镇静剂的作用下睡觉。

顾愿到那里的时候,丁格正在沉睡,她妈妈坐在一边,握着丁格的手,神情悲戚,眼中满是疼惜。

"你出去透透气吧,我来守着。"顾愿说。

丁格妈妈没有拒绝,站起身,摘下眼镜,擦了一下眼睛。来这里两个月了,丁格和她妈妈都在以肉眼可见的速度消瘦下去,而丁格妈妈除了消瘦,也迅速憔悴苍老,白发丛生。

顾愿坐在那里,播放了《等风来》。声音不大,但是丁格没一会儿就醒了。

"阿姨,这是《等风来》?"她的声音微弱,容易让人想到被细雨淋湿后艰难扇动翅膀的小蜻蜓。

"嗯,好听吗?"

"好听。"她笑了。

"曲子是4分02秒。"

"啊,4月2日,我的生日。"这音乐仿佛是速效的营养,她的声音变得有力起来。

"嗯。后浪还给你寄了一张明信片。"顾愿从包里拿出明信片,递到丁格手中。

明信片是一张风景照,某个山顶寺庙塔楼的飞檐上,挂着一个铜铃,正在风中摇摆。反面有后浪写的字:"致菡苕:愿清风在侧,生命永恒。——后浪。"

丁格将明信片拥在怀中,眼角滚下泪来。

"你有什么意见吗?对《等风来》。"顾愿弓着腰,帮她擦泪。

丁格张开了双手,环抱了一下顾愿,一迭声地说:"没有没有,真的太好听了,后浪真的太了解我的喜好了,感恩。阿姨,也太谢谢你了,能在生命的最后遇见你,我太幸运了。"

顾愿拍了拍她的肩头,说:"我也很感谢遇见你,你是我永远的朋友。"

接下来的时间,她们一起单曲循环播放《等风来》十几遍,顾愿时不时说几句话,都是一些琐碎的事情,但都是欢乐的事情。比如有一次她手里拿着茶壶找茶壶,因为住的大院,隔壁的婶子得知她在找茶壶,也一起来厨房帮忙找,两个人找了很久,最后还是放学回家的儿子得知她们在找茶壶，说："妈，你看一下你手里拿的什么。"

"骑驴找驴。"这个笑话让丁格笑得不行，"啊，我不行了，笑得腮疼。阿姨，你太搞笑了，还有你那个邻居。"

丁格妈妈进来时看到的就是女儿笑成一朵花的场景，她又落泪了，是感动欣慰的泪。

聊到梦境的时候，丁格说，她最近很少做梦，她的睡眠变得很浅，与其说是梦，不如说是她有意识构造的幻境。

顾愿问她，那都是一些什么样的幻境。

丁格说："都很短，也很乱。但有两个比较清晰，一个是我看到自己 5 岁的时候，爸爸妈妈把我送到了外婆家，一条毛茸茸的白得像雪的狗和我一起玩游戏，后来还出现了一个飞毯，我抱着小狗跳了上去，飞毯带着我们在天空中飞翔，下面的山川河流都很清晰，风景太美了，小狗很欢乐，不停叫唤，还用舌头舔我的脸。还有一个，是我看到自己已经长得很大了，大概 30 岁吧，然后和阿姨你做着相同的工作，我在给一个快要死去的小女孩讲《女娲补天》的故事。然后我们俩还一起下班，去了电影院，看了《EVA 新剧场版：终》。"

丁格妈妈插话说："这孩子小时候，我和她爸都出差，将她送到了我妈家，但在那里被村里的狗追着咬了，从被咬到打狂犬疫苗，一直都在哭，真的是被吓坏了。所以到现在她看到体形稍微大一点的宠物狗，都绕着走。"

顾愿记录下这个幻境，同时也记录了丁格妈妈所说的。研究临终梦境的价值在于纾缓死亡的过程，现在她还不知道丁格的这些体验会有怎样的功效，但有一点她很肯定，这个梦境能够抚平丁格起源于童年时期的伤痛。

第二个幻境，顾愿猜测，丁格虽然表现得比较坦然，仿佛将生死置之度外，但内心深处，她还是希望活下去，所以才会看到自己 30 岁的样子。而与顾愿一样，从事了临终关怀志愿工作，是因为她骨子里是一个对社会持有爱和善意的姑娘。

得到丁格的允许后，后浪将《等风来》上传到了××音乐平台，并留下评论说：为一个叫菡萏的女孩子制作的，曲名也是她赋予的，她说，这是她的第四个愿望。

曲子没过多久就得到了广大听友的"围观"，转发和评论噌噌上涨，曲子本身好听且有内涵，更因为这背后的故事，大多数的听友的评论是在给菡萏加油，祝福她早日康复。曲子的封面是后浪寄给丁格的那个明信片上的照片，孤单的铃铛在风中诉说着忧伤的故事。

每次帮助有临终愿望的人完成愿望的时候，顾愿的心里都非常矛盾，一方面希望帮他们尽快完成，因为他们的时间具有太多的不确定性，怕徒留遗憾；但另一方面又不想很快完成，因为怕他们没有了期待，会加快离开的步伐。

丁格的愿望还剩最后一个，而这个，顾愿唯一能做的，就是等。

十一

费大爷和丁格见面，纯属偶然。

那天丁格说想去医院前面住院部与门诊楼之间的紫藤长廊那儿坐坐，当顾愿推着轮椅上的她路过费大爷的312号房间的时候，顾愿明明没有说话，但是费大爷喊"小顾"的声音却在房间里适时响起，声音虽然不大，但是顾愿听到了。所以护工刚准备出来再喊一次时，顾愿已经推着丁格进来了。

"您怎么知道是我？"顾愿问。

"猜的。"费大爷很敷衍地说，并将目光锁在了丁格身上。

丁格的右腿没有戴假肢，但对费大爷的目光，她也没有表现出不快,反而大大方方地对费大爷说:"爷爷好,我叫丁格。"

费大爷露出了久违的笑容说:"你好,你好。"然后又冲着顾愿说,"怎么没见你带我出去?"

顾愿解释说因为他需要吸氧,稍微有点不方便,但如果他想要出去的话,明天她可以去帮他和医生说,换上便携式氧气瓶,然后带他出去转转。

"不行,我现在就想出去,和你们一起。"还没说完,费大爷就已经掀掉了身上的薄毯,抓住床一侧的护栏想要坐起来。

"您先别着急,我去拿氧气。"

顾愿和丁格用眼神交流了一下,就出去了。她拿着便携式氧气瓶回来的时候,看到费大爷和丁格聊得正欢,费大爷看上去神采奕奕,与之前判若两人,顾愿甚至有些不相信自己的眼睛。

后来,在茂盛的紫藤长廊里,坐在轮椅上的一老一少一直进行着较为轻松欢快的交流,即使他们谈论的都是自己的病情和即将来临的死亡。顾愿几乎插不上什么话,为了让他们更好地交流,她也坐得离他们有一点距离。

在顾愿斜对面的长椅上,屈腿躺着一个精瘦的中年男人,民工装扮,他的头下枕着一个装有CT片和病历报告的胶片袋,身边的地上放着一袋子刚拿的药。隔着袋子,顾愿并不知道那些是什么药,也就无法推测他生了什么病。他目光专注地盯着木廊上方,大概是透过那密匝匝的紫藤叶看天空吧。

他的心里在想什么呢?疾病的折磨?生活的无望?

顾愿的思想是被费大爷和丁格那天最后的对话拉回来的。

丁格说的话顾愿没有听清,但通过费大爷的回答可以还原。

费大爷:"瞎扯什么,要走也是我这把老骨头先走。"说完这句,费大爷扭头看了一眼顾愿,补充道,"我是38,你是39呀。"

"死亡才不管谁先来后到呢!"丁格说。

"那也不中,你不是还有愿望没实现吗?再坚持坚持。"

丁格苦笑了一下:"您不是也没等来您的儿女们吗?也再坚持坚持。"

见到他们俩的状态都那么好,顾愿心里有了不祥的预感。是的,住到这里的人,几乎是没有奇迹发生的,他们的身体基本都是每况愈下,如果出现这样稍显反常的状态,说明真正的死亡即将来临了,这也是人们常说的回光返照。

后来两个人都陷入沉默。夕阳西下,被住院部高楼切割的余晖正投射在长廊内,拉长了轮椅上两个人的身影。顾愿看着他们的背影,突然有点后悔没有让这两个人早点建立联系,她几乎没有同时为两个临终病患服务的先例。或许对于费大爷来说,顾愿的陪伴与安慰,不敌生命同样走到尽头的丁格的几句俏皮话,虽然丁格没有刻意去做什么,但死亡的共性让他们会有很多相同的体验与情感勾连,他们是同一世界的人。

后来发生的事证明,顾愿的这个想法是对的,也让她开始重新审视临终关怀的方式。

回去的时候,护工推着轮椅上的费大爷正欲进门的时候,费大爷示意她停下,然后对丁格说:"丫头,就这么定了。"然后又一本正经地和顾愿说,"小顾,你待会儿到我这来一下。"

丁格刚躺到床上,就犹犹豫豫地开了口:"阿姨,我和费爷爷说了我之前的几个愿望,也说了我没有完成的遗体捐献的事,他找你去,估计就是要说这件事,他说我没有完成的愿望,由他去完成。"说完还看了一眼正在倒水的妈妈。

顾愿愣怔了一下,她没有想到费大爷会突然生发这样的想法,是单纯想替丁格完成愿望,还是觉醒、赎罪?

"阿姨,费大爷说不光是他住到这里之后,就是之前在医院治疗,他的儿女们也都不去看他,这是真的吗?你能说服他们,让他们来看看他吗?都快离开这个世界了,他们怎么忍心……"

顾愿知道这太难了,但看着明显感觉很疲惫的丁格,她还是说:"我会尽力的,你放心吧,赶紧休息一会儿,我现在去费爷爷那。"

"嗯,你去吧。"丁格说着,缓慢躺下的时候,还朝外挥了挥手。

顾愿怎么也没有想到,这是丁格对她说的最后一句话。

费大爷没有拐弯抹角,直接说他想捐献遗体,问需要哪些手续。顾愿说需要他和家人签署志愿书,再向红十字会提交申请。

费大爷说:"我的身子我做主,干他们什么事?"想想又说,"那就全部交给你处理吧!我还有点积蓄,你也帮我捐了,就捐给这儿吧!"

十二

顾愿约好了和费敏见面,谈费大爷捐献遗体的事。上次在电话里沟通的时候,费敏的反应很平静,没有表现出吃惊,也没有表示支持还是反对,只是说,随他吧!

顾愿刚准备去赴约的时候,接到医院的通知,紧接着又是丁格妈妈的电话,他们都在向她陈述一个事实:丁格快不行了。

这一天还是来了。

赶去医院的路上,顾愿的脑海里都是这三个多月来和丁格在一起相处的点点滴滴:她的坚强,她的善良,她的聪明,她对死亡的超然态度。心很疼,仿佛失去儿子时的那种疼痛又被时间反弹回来了。

丁格躺在那儿,已经失去了意识,生命体征检测仪上的数值正在缓缓下降。

丁格爸爸一脸沉重,明明才40来岁,却像一棵老态龙钟的树,扎根在床边,扶着双眼红肿,虚脱得几乎要晕过去的丁格妈妈。见到顾愿来了，丁格妈妈的眼泪再次汹涌而出。

顾愿站在丁格的身边，捧住了她已经软绵绵的手。

丁格的眼睛还是睁着的，茫然地看着前上方。顾愿拿出手机，播放了《等风来》。她知道丁格听到了，因为和《等风来》传递的情绪一样，丁格的眼神由迷茫到释然，最后，她缓缓闭上了眼睛。

嘀的声音响起时，丁格妈妈扑通一声跪倒在了床边，接着撕心裂肺地哭喊："我的孩子啊！"

顾愿看着丁格平静安详的脸，却没有泪流下来。

后来，丁格爸爸将那本《莎士比亚喜剧全集》拿给了顾愿，并说了一些感谢的话。丁格妈妈抱了抱顾愿，说："顾医生，感谢你一直以来的陪伴，孩子这段时间过得很快乐，真的很感谢你。"

顾愿看着那本书，说："你们要一起好好生活下去啊，丁格在天上看着呢！"

丁格离世的那天早上，费大爷来看了她，他坐在轮椅上，什么话都没有说，也很快就离开了。

那之后的费大爷变得很平静，虽然他呼吸衰竭的情况越来越重，但他在做最后的坚持，为了遗体捐献的事，也为了等待子女。

费敏和她的哥哥们始终没有来。

遗体捐献的事情安排妥当后，顾愿告诉了费大爷，他舒了一口气，如释重负的感觉。

费大爷走的那个傍晚下着冷冷的秋雨，当时顾愿就在他旁边。他已经好几天没怎么说话了，但是临终那一刻，他看着顾愿，分明就像看另外一个人，目光里是顾愿不曾在他身上看过的情绪，那是一个"真我"。

"对不起。"他说。这是他在这个人间的最后一句话，他终究还是真心忏悔了。虽然是看着顾愿说的，但是顾愿知道他是说给谁听的。临终这一刻，他或许看到了幻境，看到了他床边围着很多人，林芳、费敏、费敏的两个哥哥……

看着他闭上眼睛，面容平静，仿佛不曾遭受过什么，顾愿的心里也很平静，她在心里说："费大爷，一路走好。"

费敏来的时候，费大爷已经走了。看着已经离世的父亲，她异常平静，但是她的头发和衣服都湿漉漉的，这或许能说明一些什么，顾愿知道。

关怀中心和医学院交接遗体的时候，费敏对顾愿说："你大概是这个世上唯一知道他做了那些事，却还没有对他另眼相看的人。谢谢你。"

"费大爷在闭眼前，说了一句对不起。"顾愿说。

费敏顿了一下，说："但我这样做，我并没有觉得对不起。"

顾愿没再辩解，但愿费敏在多年以后，也依然这样想；但愿多年以后，她在人潮汹涌的街头，看到一个类似费大爷身影的老人，不会停下脚步，心里涌起悲伤。

费敏离开的时候，顾愿看着她的身影，捕捉到一个细节，那就是她抬起右手，在脸上擦拭了一下。

晚上，顾愿坐在书桌前，翻开笔记本，写上《第 38 位朋友——费玉贵》。然后写下了三页纸的陪护手记，文章的结尾是这样的：一个人犯的错，或许不需要别人去原谅，自己为自己赎罪，就可以。与这篇相邻的，是另外一篇《第 39 位朋友——丁格》。陪护手记之前已经写过了，四页纸，最后一句话是：生命必须穿越复杂性，才能追求纯美的境界，最终走向涅槃。

合上笔记本，顾愿拿出了那本《莎士比亚喜剧全集》，她想着会将它送给第 40 位朋友，不知那会是怎样的一个人。翻开书封，扉页上，是丁格留下的娟秀字迹：当呼吸化为空气，愿生命像风从容。